당신만 지치지 않으면 됩니다

당신만 지치지 않으면 됩니다

초 판 1쇄 2023년 08월 01일

지은이 황상열
펴낸이 류종렬

펴낸곳 미다스북스
본부장 임종익
편집장 이다경
책임진행 김가영, 신은서, 박유진, 윤가희, 정보미

등록 2001년 3월 21일 제2001-000040호
주소 서울시 마포구 양화로 133 서교타워 711호
전화 02) 322-7802~3
팩스 02) 6007-1845
블로그 http://blog.naver.com/midasbooks
전자주소 midasbooks@hanmail.net
페이스북 https://www.facebook.com/midasbooks425
인스타그램 https://www.instagram/midasbooks

© 황상열, 미다스북스 2023, *Printed in Korea*.

ISBN 979-11-6910-296-4 03810

값 **17,000원**

미다스북스는 다음세대에게 필요한 지혜와 교양을 생각합니다.

지금까지 잘 버텨준 당신에게

당신만
지치지 않으면
됩니다

황상열 지음

험하기만 한 삶의 길에서 아름다움을 찾기 위하여

미다스북스

지금까지 버텨준
나에게 고맙다

오늘도 바쁘게 몇 가지 업무를 마치니 벌써 점심시간이다. 코로나 19 덕분인지 예전처럼 식당에 나가서 밥을 먹는 것이 오히려 어색하다. 아침 출근길에 도시락을 산다. 내 책상에서 밥을 먹으면서 유튜브 영상을 보는 것이 익숙하다. 오늘 알고리즘에 뜬 영상의 주인공은 김병현이다.

2001년 가을 내무반에 한 말년병장이 야구 중계를 시청 중이다. 미국의 월드시리즈 경기다. 김병현이 속한 애리조나 다이아몬드백스와 뉴욕 양키스가 만났다. 그 당시 김병현은 애리조나의 구원 투수였다. 지금도 우리나라에서 나올 수 없는 괴물 투수였다.

언더핸드 폼 투수로 공이 아래서 위로 솟구치는 마구가 일품이다. 경기를 보면서 박수치는 말년병장은 바로 나다. 제대를 한 달 남기고 모든 업무에서 제외된 나는 내무반에 누워서 편하게 텔레비전을 시청했다.

4차전과 5차전 9회 말에 김병현은 똑같이 홈런을 맞았다. 이틀 연속으로 똑같은 상황에서 김병현은 멘탈이 완전히 무너졌다. 자신 때문에 팀이 우승을 하지 못할 것 같은 예감이 들었지만, 6차전과 7차전에서 대역전극을 끌어내며 애리조나의 창단 첫 우승을 이끌었다. 역사상 처음으로 한국 선수가 미국의 월드시리즈 반지를 갖게 되었다. 그 후 김병현은 부상으로 짧은 전성기를 마칠 수밖에 없었다.

22년이 지나서 다시 애리조나 스타디움을 찾았다. 변하지 않는 경기장 곳곳을 돌아보면서 그는 추억에 잠겼다. 20대 초반의 나이에 홀로 아무도 없는 미국으로 건너간 김병현이다. 집이 따로 있었지만 홀로 있는 집에 불을 켜는 게 싫어서 경기장 세탁소 구석에서 잠을 청했다는 인터뷰에 참 찡했다. 경기장에라도 있어야 동료들도 있고 외롭지 않았기에 그 시간을 견딜 수 있었다고 밝혔다.

스타디움을 한 바퀴 돌더니 잠시 회한에 빠진 듯하다가 결국 눈에서 한 방울이 흐른다. 감정이 격해졌는지 한동안 고개를 들지 못한다. 그 모습을 보는 나도 왜 그리 갑자기 울컥하는지 같이 눈시울이 붉어졌다.

평소에도 강한 모습을 보였던 김병현이 서럽게 우는 것을 보니 그도 이제 나이를 먹었구나 하는 생각이 들었다. 사실 그와 나는 동갑이다. 또래 친구가 슬퍼하는 모습에 아마 같이 감정이입이 되지 않았나 싶다. 왜 그리 울었냐는 인터뷰이의 질문에 그 시절 고생한 나에게 많이 미안해서 그랬다고 한다. 애리조나 경기장에서 보낸 시간과 공간에 그의 희로애락이 담겨 있다고 말했다. 아마도 다시 찾은 공간에서 자신이 챙겨주지 못한 20년 전의 자신에게 이제야 마음의 빚을 갚고 지금까지 잘 버텨준 것에 대해 감사하는 눈물이 아니었을까?

영상을 보면서 지나온 46년의 내 인생도 조금씩 생각났다. 실패와 성과가 반복했던 수많은 날, 생활고에 시달리면서 앞으로 인생을 어떻게 살아야 할지 수많은 고민을 하며 방황했던 날들…. 그 시간을 지금까지 잘 견디고 버티다 보니 여기까지 올 수 있었다. 아마도 김병현의 눈물을 보면서 누구에게도 말하지 못한 채 오로지 혼자서 외롭게 버텨야 했던 내 모습이 떠올라서가 아닐까? 그냥 오늘만큼은 지금까지 잘 버텨준 나에게 "고맙다."라고 다시 한번 말하고 싶다.

지금도 많은 사람들이 묵묵히 자신만의 인생을 살아가고 있다. 좋은 일도 있지만 나쁜 일이 더 많은 그 인생을 자신만의 방법으로 버티고 있는 중이다. 그 사람들이 이 세상을 지탱하는 진짜 영웅이다. 이 글을 읽고 있는 당신도 지금까지 잘 견디고 버텨준 자신에게 한번 감사인사를 해보는 것은 어떨까? 오늘 하루도 잘 버텨준 나에게 감사하다. 이 책을 지금까지 잘 버텨주고 지치지 않는 사람들에게 바친다.

2023. 8. 저자 황상열

프롤로그 지금까지 버텨준 나에게 고맙다   008

1장
당신은 잘하고 있어요

지칠 때는 내가 가진 것을 헤아려 본다   021
넘어짐은 또 다른 기회를 만든다   026
인생에서 가장 중요한 시간은 지금이다   030
먼저 쏘고 나중에 그리자   034
늘 마지막 기회라고 생각한다면   038
당신은 무엇을 보고 살고 있습니까?   042
실패가 성장을 만든다   048
진정한 삶의 의미   053
무엇이 되느냐보다 어떻게 사느냐가 더 중요하다   057

2장
당신은 빛날 거예요

가슴 뛰는 삶은 자신의 꿈에서 시작한다   067
당신의 시간은 빠르게 지나가나요?   072
결국 혼자서 끝까지 뛰어야 한다   076
꾸준함이 성공을 만든다   080
그냥 계속하는 것이 정답이다   085
발효할 것인가? 부패할 것인가?   089
인생 마지막 날 어떤 고백을 남기고 싶나요?   093
이 세상에는 다양한 인생이 존재한다   097
세상에 하찮은 일은 없다   102

3장
당신은 혼자가 아니에요

나쁜 기억과 마주해 보는 것도 좋다　111
감정도 잘 표출해야 살아갈 수 있다　115
세상에는 참 아름다운 게 많다　120
괜찮아! 힘들 땐 충분히 슬퍼해도 돼!　125
당신은 무엇으로 살아가고 있나요?　129
누가 알아주지 않아도 괜찮아　134
당신의 오늘은 여전히 눈부시다　139
앞으로는 내가 나의 편이 되어줄게　144
과거를 기억해야 하는 단 한 가지 이유　149

4장
당신은 행복해질 거예요

행복했던 곳은 어디인가요?　159
고난과 결핍을 통해 배우다　163
모든 것은 지나갑니다　168
가끔은 삶의 흐름이 춤추는 대로 살아도 좋다　172
행복의 조건　176
최선을 다했다면 그 삶 자체만으로도 아름답다　180
희망이라는 선물　184
살아갈 이유를 찾아보자　190
좋은 것만 보기에도 짧은 인생이다　196

5장
당신은 결국 해낼 거예요

원래 인생은 고통스럽다　205

감성이 필요한 시대　209

두려움을 이기는 유일한 방법　214

시련과 고통이 클수록　218

이만하면 했을 때 위기가 찾아온다　223

중요한 것은 꺾이지 않는 마음　228

성공에는 끝이 있지만 성장에는 끝이 없다　233

어제보다 나은 내가 되는 법　238

당신은 매일 하고 있습니까?　244

에필로그　당신만 지치지 않으면 됩니다　252

1장

당신은
잘하고
있어요

지칠 때는 내가 가진 것을 헤아려 본다

몇 주 전 주말 오후 아내와 아이들이 모두 교회에 가게 되어 혼자 집에 남게 되었다. 오랜만에 책을 읽고 글을 쓰고 있는데, 한 통의 메일이 왔다. 작년 연말 대학교 강의 때 만난 학생이다. 강의가 끝나고 청중이 모두 돌아갔는데도 불구하고 혼자 끝까지 남아 많은 질문을 던졌던 친구라서 기억이 났다.

"작가님, 저는 ○○대 ○○입니다. 작년 연말 작가님 강의를 듣고 나서 글쓰기에 많은 도움이 되었습니다. 그것보다 작가님의 젊은 시절 이야기를 듣고 많은 감동을 받았습니다. 사실 전공 공부 하기는 싫고 앞으로 무엇을 해야 할지 잘 몰랐는데, 작가님의 꿈을 찾는 과정과 힘든 시절을 어떻게 극복했는지 등을 듣고 조금 도움이 되었습니다. 그러나 졸업을 앞두고 취업을 하려고 여러 기업을 두드려 보고 있으나 쉽지가 않네요. 제 삶에 많이 지치고 힘들어요. 작가님 책을 보다가 생각나서 한번 메일 드렸습니다."

메일 내용을 보니 나의 20대 후반 4학년 마지막 학기 시절이 떠올랐다. 전공을 살리지 않고 다른 직업을 선택하기 위해 취업 준비를 시작했다. 역시 공대생이 전공 외에 다른 업종으로 취업하는 것이 쉽지 않았다. 이력서와 자기 소개서를 매일 업데이트하면서 취업 사이트를 돌면서 나에게 맞는 기업을 찾는 것이 하루 일과였다.

그 친구의 심정이 공감되었다. 얼마나 마음 졸이고 있을까? 가뜩이나 시대가 변하면서 점점 기업에서 신입사원 채용을 줄이고 있다. 구직 기간이 길어질수록 자신감이 더 사라질 것 같은 걱정이 앞섰다. 주변에서 아무리 위로하고 좋은 말을 해주어도 그 유통기한은 길지 않다. 그 친구의 얼굴이 내 눈에서 그려진다. 고개를 푹 숙이고 미소가 사라진 그 친구의 얼굴이.

* 내가 대학 시절 구직한 경험

나도 구직 기간이 길어질 때마다 손이 부들부들 떨렸다. 부모님이나 동생이 좋게 말을 하는데도 대답은 단답형이었다. 하루는 동생이 왜 이렇게 예민하게 구냐고 큰소리를 치기도 했다. 그만큼 빨리 취업에 성공하고 싶은 마음이 간절했다. 계속 서류나 면접에서도 떨어지자 기업의 규모에 상관없이 어디라도 들어가고 싶었다. 이 세상에 참 쓸모없는 사람처럼 고개를 푹 숙이고 조용히 밥을 먹는 날이 많아졌다.

내 삶에 자꾸 치이고 지쳐갔다. 그러다가 우연히 텔레비전에서 인생이 힘들 때 이렇게 해보라는 장면이 나왔다. 프로그램이 끝나자

마자 바로 따라 했다. 바로 종이를 펼쳐놓고 지금 가지고 있는 것을 적기 시작했다. 자격증, 부모님, 동생, 내 것은 아니지만 편히 쉴 수 있는 집, 컴퓨터, 10,000원짜리 1장 등 생각보다 많았다. 그리고 내가 가진 장점을 적어보았다. 아예 없는 것은 아니었다. 마지막으로 적은 대상 하나씩 읽으면서 감사하다고 소리쳤다. 생각보다 나도 괜찮고 멋진 사람이란 생각이 들기 시작했다.

그 대학생 친구에게 이렇게 답장을 보냈다. 자신이 이미 가진 것과 장점을 쭉 적어보고, 하나하나에 감사의 인사를 남겨보라고. 현실은 힘들지만, 지금까지도 잘해왔으니 더 잘될 거라는 계시라고 생각하라고.

마흔 중반이 된 지금도 삶에 지칠 때마다 다이어리나 일기장에 가진 것을 쓰고 감사 인사를 남기고 있다. 여전히 욱하고 짜증내는 성향을 고치지 못했지만, 분명히 예전보다 인생을 대하는 태도는 달라졌다. 이만하면 잘 살고 있다고! 이 글을 읽고 있는 당신도 혹시 삶에 지쳤다면 앞에 언급한 대로 오늘 한번 해보자. 분명히 가진 대상, 장점도 많다. 이미 당신 자체만으로도 멋지다.

"지금 있는 그대로의 당신도 충분히 멋지다. 가진 것에 감사하고
자신의 장점을 쓰자. 지금 지친다고 끝난 것이 아니다."

넘어짐은 또 다른 기회를 만든다

올해 3학년이 된 둘째 아들이 학교 수업을 마치고 나서 경호무술을 배우게 되었다. 태권도와 비슷한 일종의 격투 운동이다.

그렇게 태권도를 배우라고 해도 말을 듣지 않다가 무슨 바람이 불었는지 벌써 다닌 지 3개월이 다 되어간다. 아마 월말에 승급 심사가 있나 보다. 제일 처음 흰색 띠에서 노란색 띠로 올라갔다고 자랑하는 모습이 절로 웃음이 나온다.

집에 와서 가끔 경호무술에 가면 무엇을 배우는지 물어본다. 자세를 잡고 발차기하는 모습을 보면 어린 시절 내가 태권도 하던 모습이 떠오른다. 발차기가 끝나고 침대에서 낙법 비슷하게 잘 넘어지는 시범도 보여주었다. 나를 닮아 운동신경이 없는 아들이지만 그래도 경호무술을 한 덕분에 앞구르기나 낙법도 제법 한다. 무술을 하게 되면 잘 넘어지는 것도 중요하다고 알려준다.

어느 주말 오후 둘째와 막내가 퀵보드를 하나씩 타고 집 밖으로 나왔다. 집 주변으로 차가 많이 다녀 위험하다 보니 공원으로 향했다. 역시 공원에서 타는 것이 안전하다. 나는 공원 내 한 벤치에 앉았다. 둘째 아이는 이제 퀵보드에 익숙해서 속도를 곧잘 낸다. 형을 타는 것을 보고 6살 막내도 곧잘 퀵보드에 오른다.

그러나 아직 익숙하지 않다 보니 앞으로 가다가 넘어진다. 그래도 다시 일어나서 퀵보드를 타고 전진한다. 어떻게든 저 앞에 가 있는 형을 따라가기 위해 넘어지고 또 넘어지지만 포기하지 않는다. 이제 어느 정도 능숙하게 타는 막내를 보니 대단하게 느껴졌다.

엄마 배 속에서 태어난 아기는 아무것도 할 수 없다. 부모님의 보살핌 속에 시간이 흐르면 몸을 뒤집는다. 몇 달이 지나면 앞으로 기어가기 시작한다. 또 벽을 붙잡고 일어선다. 1년 이 지나면 서서히 걷기 시작한다. 그 단계를 거치면서 수없이 아기는 넘어지고 또 넘어진다. 하지만 포기하지 않고 계속 시도한다.

어린 시절부터 수없이 넘어지면서 성장한다. 사람들은 그 사실을 너무나 쉽게 잊는다. 자신이 넘어지고 부서지지만 그것을 극복하기 위해 노력하고 부딪히면서 살아왔다는 사실을. 넘어지면 모든 것이 끝난다고 생각한다. 실패라고 규정한다. 그런데 거기에서 넘어졌다고 계속 누워만 있을 것도 아니다.

길거리에서 넘어졌다고 다시 일어서지 않을 것인가? 바지에 뭐가 묻었다고 짜증내며 손으로 툭툭 털고 일어난다. 인생의 넘어짐도 마찬가지다. 다시 마음을 툭툭 털어내고 일어나서 앞으로 나아가면 그만이다. 넘어진다는 것은 실패가 아니라 다시 다가올 기회라고 생각하자. 한 번도 넘어지지 않는 사람은 없다. 넘어지고 일어서는 것을 반복하다 보면 어느새 성장해 있는 자신을 발견할 수 있다.

"많이 넘어질수록 자신의 경험이 쌓인다. 그 경험들이 쌓여 나의

자산이 된다."

아침에 눈을 떴다. 일찍 일어나기 위해 5시 30분 알람을 맞추었지만 실패했다. 오늘도 7시가 다 되어서야 일어났다. 그동안 밀린 원고도 쓰고, 책도 읽기 위해 새벽 기상에 도전했지만, 번번이 실패했다.

반드시 해야겠다는 내 의지가 가장 큰 문제였다. 어떻게든 하기 위해서는 변명하지 말아야 하는데, 그렇게 하지 못했다. 나중에 하면 되겠지 라는 안일한 마음이 앞섰다. 절실함이 아직 부족하다.

회사에서 맛있게 숟가락으로 찌개를 떠서 입으로 넣었다. 맛도 일품이다. 배가 고팠는지 허겁지겁 밥 한 그릇을 다 비웠다. 배를 쓰다듬으며 잘 먹었다고 인사하고 식당을 나온다. 상사나 동료가 한마디 한다. 예전보다 배가 많이 나온 거 아니냐고.

살이 많이 찌긴 했다. 이 회사에 처음 왔을 때보다 최소 5kg 이상 늘었다. 살을 빼야겠다는 생각이 강하게 든다. 운동을 시작했다고 마음먹지만, 벌써 몇 달째 시간만 보내고 있다.

책을 쓰고 싶다는 사람들이 많다. 야심차게 주제, 콘셉트를 정하고 목차까지 정했다, 그런데 정작 원고 작성에 돌입해야 하는데, 시작조차 하지 않는다. 물론 초고를 쓰는 것이 쉬운 일은 아니지만, 일단 쓰기 시작해야 원고를 완성할 수 있다. 모니터만 뚫어지게 보면서 한두 줄 쓰다가 포기한다. 피곤하고 졸리니 내일 써야겠다고 미룬다.

당장 시작하지도 않으면서 멋진 미래를 만들고 싶어 한다. 그러기 위해서는 지금부터 움직여야 한다. 인생에서 가장 중요한 시간은 지금 이 순간이다. 영어로 "present"로 현재를 말한다. 우리가 숨 쉬고 살아 있는 시간은 지금 뿐이다.

새벽 기상을 원한다면 내일부터라도 평소보다 10~20분 일찍 일어나는 연습을 해야 한다. 운동이 필요하다면 당장 운동화와 트레이닝복을 입고 밖으로 나가야 한다. 책을 내고 싶다면 지금 한 줄이라도 쓰기 시작하자. 이미 지나간 과거는 되돌릴 수 없다. 오지 않는 미래는 현재에 내가 하고 있는 일의 성과가 모여 결정한다.

예전에는 이런 생각을 하지 못했다. 몸은 지금 이 시간에 있지만, 마음은 과거에 얽매어 후회도 많이 했다. 내 미래는 현재 아무것도 하지 않으면서 어떻게 될지 불안했다. 이제는 알고 있다. 깨어 있는 순간이 살아 있는 것이다. 그러므로 그 시간을 허투루 쓰면 되지 않는다. 인생이 끝나는 날까지 지금 이 순간에 최선을 다한다면 그것만큼 멋진 일도 없다.

"살아 있고 깨어 있는 이 순간이 가장 소중하다. 소중한 그 순간을
놓치지 말자."

먼저 쏘고 나중에 그리자

글쓰기/책 쓰기 강의를 하거나 스승님의 강의를 듣기도 한다. 강의 후기를 보면 교집합이 생기는 내용이 보인다.

"오늘 강의 잘 들었습니다. 주제와 목차까지 잡았는데, 막상 쓰려고 하니 쓸거리가 없어요. 관련 자료를 모두 찾아놓고 그다음에 써볼게요."

"그동안 일이 생겨 쓰지 못하다가 작가님의 강의를 들으니 다시 한번 써봐야겠다는 동기부여가 생깁니다. 다시 한번 힘내서 써볼게요."

후기에는 이렇게 쓰고 나서 다시 글을 쓰는 사람을 거의 본 적이 없다. 자료 수집을 완벽하게 다 하고 쓰겠다, 일을 마치면 쓰겠다…. 각자 개인 사정이나 상황이 생겨서 잠시 못 쓰는 것은 이해가 된다. 하지만 1년이 넘어가도록 자료 수집만 하거나 이런저런 사정으로 못 쓴다고 하면 차라리 그만두라고 말하고 싶다. 그만큼 절박하지 않다는 이야기다. 작가가 되겠다는 꿈을 꾸었다면 최소한 한 권의 책이라도 출간해 봤다고 어디 가서도 말할 수 있지 않을까?

어떤 화살을 둥그런 과녁에 맞힌다고 가정하자. 처음부터 정가운데 맞힐 확률이 얼마나 될까? 타고난 신궁이 아닌 이상 첫발부터 맞추기는 어렵다. 그럼 잘 맞추기 위해 어떻게 해야 하는가? 당연히 첫발부터 쏴봐야 한다. 아무리 정가운데를 잘 맞히는 방법을 강의

하거나 알려준다고 해도 직접 해보지 않으면 아무런 소용이 없다.

일단 강의에서 배운 내용대로 어떤 글이든 써야 한다. 당장 지금 노트북을 켜서 한글 창을 열어 오늘 무엇을 했는지, 누구를 만났는 지 등 일상의 조각부터 모아서 단 몇 줄이라도 쓰자. 구성은 어떻게 해야 하고, 내용은 어떤 것을 넣을지 등은 쓰면서 고민해도 된다.

지금까지 몇 권의 책을 출간하고 수천 개의 글을 블로그에 포스팅 할 수 있던 이유도 무조건 글감을 찾으면 그냥 쓰기 시작했다. 내가 쓰고자 하는 분량만 채운다는 생각으로 무조건 끝까지 썼다. 처음 쓰는 원고는 분량을 채워야 한다. 일단 채워져야 비울 수 있는 것처 럼 글도 마찬가지다. 양이 채워졌다면 잘못된 부분을 덜어내면 된 다.

완벽하게 준비된 상태에서 글을 쓴다는 것은 어불성설이다. 먼저 쓰고 양을 채운 뒤 몇 번의 수정을 거쳐서 나온 결과물이 우리가 시 중에서 볼 수 있는 책이다. 그 책을 쓴 저자들도 한 번에 완벽하게 준비해서 쓰지 않았다. 먼저 쓰면서 양을 채워나간 후 나중에 고쳤다.

많은 사람이 자신이 하고자 하는 목표가 있지만 달성하지 못하는 이유도 완벽주의 때문이다. 물론 이해는 된다. 완벽하게 준비해도 실패하는 경우가 많아서 철저하게 알아보는 것도 중요하다. 다만 너무 완벽하게 준비한다고 시간을 보낸다면 최적의 타이밍을 놓칠 수 있다. 일단 되고 싶고 하고 싶고 갖고 싶은 것이 있다면 먼저 쏘고 나중에 과녁을 그려도 된다. 시작할 수 있다면 이미 당신의 기적을 만날 가능성을 높일 수 있다.

"너무 완벽하지 않아도 된다. 일단 저지르자. 저지르고 수습하다 보면 뭔가 만들어진다."

늘 마지막 기회라고 생각한다면

"학생, 오늘 떨어지면 한 달 뒤에나 시험 봐야 해. 집중해서 꼭 한
번에 붙어!"

21살 대학교 2학년 여름방학 시절 운전면허를 따기 위해 열심히
연습 중이다. 필기시험과 코스 시험에 합격하고 나서 가장 어렵다
는 주행시험을 앞두고 있었다. 주행시험을 보기 전 일주일 정도 강
사와 같이 실제 도로에 나가서 연습하게 된다. 이제 진짜 차가 다니

는 도로에서 직접 운전을 해야 한다. 코스도 처음에 적응하지 못해 애먹었는데, 실제 도로에 나간다고 하니 더 긴장되었다.

하루이틀이 지나자 도로 주행도 익숙해졌다. 셋째 날은 가평까지 멀리 운전해서 다녀왔다. 이제 실제 시험에서만 잘하면 되겠다고 다짐했다. 가장 어려운 차선 변경도 마지막 날 연습에서 완벽하게 익혔다. 하지만 역시 실제 시험 당일 아침이 되니 손이 부들부들 떨렸다. 어머니가 차려준 밥도 겨우 한 숟가락 떠서 먹고 나왔다.

내 순서가 올 때까지 기다리고 있다. 왜 그렇게 다리도 계속 후들거리는지. 드디어 내 차례가 되어 운전석에 앉았다. 차 앞 유리가 뿌옇게 보인다. 손도 자꾸 떨린다. 나를 가르쳐 준 강사가 다음 시험이 있다고 생각하지 말고 한 번에 꼭 합격하라고 소리쳤다. 그 말에 정신이 번쩍 들었다. 떨어지면 또 시험 치면 된다는 안일한 생각을 버리라는 의미였다.

이번 시험이 마지막이라고 생각하고 시동을 걸었다. 여기서 떨어지면 죽는다는 각오로 그 동안 배운 대로 운전대를 잡고 차를 움직이기 시작했다. 시간이 지나 마지막 위치에 도착했다. 운전에만 신경 쓰다 보니 차가 멈추자 온몸의 힘이 빠졌다.

눈으로 땀이 흘러내렸다. 중간에 차선 변경 2번 실패. 유턴시 속도를 멈추지 않는 등 몇 개의 실수가 있었다. 결과가 좋지 않을 것 같았지만, 나름대로 최선을 다했다. 결과는 63점, 겨우 턱걸이해서 합격했다. 안도의 한숨이 나왔다. 배수의 진을 치고 시험에 임하다 보니 좋은 결과를 얻을 수 있었다.

사회생활을 작은 토목 엔지니어링 회사에서 시작했다. 일이 많았다. 하루에도 끊임없이 3~4개의 지시가 떨어졌다. 야근이 일상이었다. 업무량이 많다 보니 한 번에 할 때 제대로 해야 했다. 물론 상사가 보면 부족한 점이 많아 보여서 2~3번 수정은 해야 했지만, 내 기준에서 피해를 주지 말아야 해서 업무지시가 떨어지면 어떻게 한 번에 끝낼지 고민했다. 마지막 기회라 생각하고 업무를 시작하게 되니 몰입도 잘되었다.

그 이후로 무슨 일이 주어지면 마지막이라 생각하고 임하게 되었다. 많은 사람들이 이번에 못하면 나중에 하면 된다고 말한다. 틀린말은 아니다. 하지만 마지막 기회라고 생각하고 어떤 일을 시작한다면 좀 더 거기에 몰두할 수 있다. 기술사 시험에 결국 실패했던 것은 이번 시험을 망쳐도 다음 시험에는 잘 보면 된다는 쉬운 생각이 발목을 잡았다. 그 현재 시험에 제대로 집중하지 못했기 때문이다. 반대로 첫 책을 출간할 수 있었던 것은 지금이 아니면 작가가 될 수 없다는 판단이 들어 매 순간 글을 쓰는 데 집중했다. 퇴로가 없다고 여기는 사람은 그 일 자체가 잘못되지 않도록 매 순간 최선을 다한다.

이 글을 읽는 당신도 혹시 이번에 하지 못하면 다음에 다시 하면된다고 생각하고 있는가? 당장 그런 생각은 버리자. 늘 마지막 기회라고 생각한다면 당신의 인생은 금방 달라질 수 있다.

"매 순간 마지막 기회라고 생각하자. 퇴로를 만들지 말자. 한 번쯤 배수의 진을 치면 당신의 인생은 달라질 수 있다."

당신은 무엇을 보고 살고 있습니까?

사회 초년생 시절 업무 방법을 몰랐다. 처음 하는 일이라 프로세스도 노하우도 부족했다. 아니 일 자체에 대해 이해를 못하다 보니 식은땀이 흐르고 손은 덜덜덜 떨렸다. 그 일을 해본 사람에게 도움을 청할 수밖에 없었다. 먼저 취업했던 선배에게 전화를 걸었다.

"혹시 이런 프로젝트를 해본 적이 있으세요? 잠깐 시간 괜찮으시면 자문이나 자료 요청을 드리고 싶은데 시간 괜찮으신가요?"

"어! 상열, 오랜만이야. 괜찮아. 오늘 저녁에 시간 되는데 잠깐 넘어올래?"

"네. 감사합니다. 퇴근 후 선배님 사무실 근처 식당에서 뵐게요."

퇴근 후 근처 식당에서 선배를 만났다. 저녁을 먹으면서 필요한 자료를 주고, 차근차근 설명해 주었다. 감사의 인사와 답례의 의미로 저녁 식사는 내가 사려고 했지만, 이미 선배가 계산까지 미리 끝냈다. 이제 사회생활을 시작했는데, 돈도 아끼라는 차원에서 오히려 그가 나를 배려했다. 참 고마웠다.

선배에게 사회생활을 앞으로 어떻게 하면 잘할 수 있는지 물었다. 그는 작지만 자신이 하고 있는 프로젝트가 어려움이 있어도 끝까지 완수하면 사람들에게 자신이 만든 도시를 보여 줄 수 있어 뿌듯하다고 말했다. 더 많은 사람에게 멋진 도시계획을 보여줄 수 있다면 지금 하는 일이 아주 보람이 있으니까, 너도 힘들지만 그런 마음으로 일을 하면 잘할 수 있을 거라고 격려해 주었다. 단지 돈을 벌기 위해서가 아니라 자신이 하는 일에 대한 소명을 가지고 있었다.

그 후로도 선배에게 업무적으로 도움을 많이 받았다. 그러다가 그가 지방에 있는 회사로 자리를 옮기면서 한동안 직접 만나지 못했다. 서로 사는 게 바빠서 일 년에 한두 번 정도 안부를 주고받는 것이 고작이었다. 10년이 훌쩍 넘어 얼마 전 다시 한 모임에서 재회하게 되었다. 지금은 작은 회사를 운영하는 대표가 되었다. 주변 사람들에게 평판이 너무 좋아 일이 끊이지 않는다고 했다. 역시 그 시절부터 자신이 바라보는 인생의 방향과 목표가 확실하다 보니 그 소명대로 지금도 살고 있었다.

오랜만에 보는 선배가 참 반가웠다. 얼굴은 그대로인데 역세 세월의 흐름은 무시할 수 없었다. 주름과 흰 머리가 많아졌지만 나를 보면서 환하게 보는 미소는 그대로였다. 선배를 보자마자 물었다.

"아직도 그때 말씀하신 소명대로 살고 계신가요? 저는 선배가 알려준 대로 살고자 했지만 잘되지 않았네요. 이제야 제 소명을 찾아서 제대로 살아보려고 노력하고 있습니다."
"반갑다. 난 그대로 살고 있지. 네가 더 멋진걸? 네가 쓴 글과 책도 잘 보고 있어. 많은 사람들에게 읽고 쓰는 삶을 알려줬으면 좋겠어. 나도 네 덕분에 글 좀 쓰고 있다. 잘은 못 쓰지만."

"와! 진짜요? 선배의 가르침이 이제야 이해가 됩니다. 인생에서 무엇을 보고 사느냐에 따라 내 모습이 달라지는 것 같아요."

『주홍글씨』로 유명한 소설가 호손의 『큰바위 얼굴』이란 작품이 있다. 주인공이 사는 마을에 큰 바위 얼굴이라 불리는 얼굴 모양의 바위가 있는데, 이 바위와 꼭 닮은 사람이 나타날 것이라는 전설이 있었다. 주인공은 그런 닮은 사람을 만나기 위해 평생을 바쳤다. 부자와 장군, 정치가 등 유명한 사람을 만났지만 욕심 많고 인색하며 지혜가 없는 등 한 가지가 부족했다. 그렇게 세월이 흘러 주언공은 노인이 되었다.

그는 마을에서 존경받는 사람이 되었다. 사람들은 그가 큰 바위 얼굴과 닮았다고 칭송했다. 주인공이 평생 동안 만났던 사람들에게 없었던 점을 찾았다. 그리고 사랑, 절제, 지혜 등을 장착하여 인생을 올바르게 살기 위해 노력했던 것이다.

읽고 쓰는 삶을 통해서 나는 인생을 어떻게 살아야 할지 늘 고민하고 있다. 여전히 부족한 점도 많은 사람이다. 앞으로 베풀고 나누면서 많은 사람에게 읽고 쓰는 삶을 전파하고 싶다. 이 글을 읽는 당신은 무엇을 보고 살고 있는가? 돈, 명예, 권력 등을 보고 살아도 좋다. 하지만 자신에게 무엇이 가장 소중한지 어떤 방향으로 사는 게 좋은지 한번 고민해보자. 당신이 지금 보고 있는 그것이 당신의 미래를 결정한다.

"현재 당신의 눈과 마음으로 늘 보고 있는 것이 결국 당신의 미래를 더 밝게 만들어준다."

『큰바위 얼굴』, 너새니얼 호손, 1850

읽어보시면

인생의 얼굴을 통해
"변화를 받아들이며,
항상 겸손하고 감사한 마음으로 살자."라는
교훈을 얻을 수 있습니다.

현재 내가 어떤 모습을 하고
어떤 것을 보느냐에 따라
나의 얼굴이 달라질 수 있습니다.

실패가 성장을 만든다

중학교 시절 비디오 게임에 한창 빠져 있었다. 지금은 레트로 게임기로 유명한 닌텐도사의 "수퍼 패미컴" 게임기를 가지고 있었다. 시험에서 1등한 결과로 부모님이 큰 마음먹고 사준 게임기다. 게임기가 처음 집에 왔던 날은 첫 책 출간했던 날처럼 잠을 못 이룰 정도로 기뻤다.

액션, 슈팅 등 많은 게임 장르가 있다. 그중에 나는 특히 롤플레잉 게임을 좋아했다. 주인공이 주어진 각각의 퀘스트를 깨면서 성장하고 아주 강한 마지막 보스를 깨는 이야기가 롤플레잉 게임의 기본 골격이다. 특히 일본 스퀘어 사에서 나온 〈파이널 판타지〉, 〈프론트 미션〉, 캡콤 사의 〈브레스 오브 파이어〉, 반다이 사의 〈슈퍼 로봇 대전〉 등을 재미있게 플레이했다.

하지만 마지막 보스를 만나기까지 수많은 퀘스트와 미션을 거쳐야 한다. 처음부터 한 번에 클리어 하면 좋은데 그렇게 쉽지가 않다. 장비를 다 맞추고 딱 한 번만 공격하면 보스를 물리칠 수 있는데, 역공을 맞고 "Fail", "Game over"가 화면에 뜬 적도 부지기수다. 그럴 때마다 어린 마음에 나에게 이런 어려운 게임은 맞지 않다고 포기한 적도 있다. 보스를 이기지 못하고 그 퀘스트를 깨지 못한 죄책감에 혼자 소리를 지른 적도 많다.

그래도 마지막 보스를 만나고 싶었다. 지면 계속 도전했다. 어떻게 하면, 이길 수 있을까 고민하고 연구했다. 시간이 걸려도 하나하나 나아가다 보니 결국 마지막 보스를 만나고 전체 게임을 클리어

할 수 있었다. 보스를 이긴 후 게임의 엔딩 장면을 보는 순간 엄청난 카타르시스를 느꼈다.

이제 10살이 된 둘째 아들도 나를 닮았는지 게임을 좋아한다. 일주일에 시간을 정해놓고 주로 축구게임을 진행한다. 지금은 익숙해서 곧잘 상대방을 이기지만, 처음에는 계속 지니까 짜증을 냈다. 게임기를 던지기도 했다. 그럴 때마다 나는 다시 한번 시도해 보고, 이길 수 있는 방법을 찾아보라고 이야기한다. 혼자 몇 번씩 시도해 보니 이기는 횟수가 많아지자 얼굴이 밝아졌다.

2030 시절의 나는 일이 잘 풀리지 않으면 바로 포기할 때가 많았다. 자격증 시험이나 회사 업무, 일상생활 등에서 한번 실패하고 나면 다시는 쳐다보지 않았다. 나에게 맞지 않는다고 판단하고 익숙한 방법만 다시 찾았다. 어떻게 보면 쉬운 길만 찾아서 다녔는지 모른다. 시도하지 않으면 어떤 결과도 발생하지 않는다. 한 번도 실패하지 않았다는 것은 어쩌면 한 번도 시도하지 않았다는 의미가 같다.

마흔이 넘어서 지금까지 올 수 있었던 것도 어떻게 보면 많은 실패를 하면서 다시 시도하고 들이댄 결과이다. 인생은 계속 실패하고 시도하면서 쌓여가는 일상의 합이다. 처음부터 잘하는 사람은 없다. 자신만의 멋진 인생을 만들기 위해서는 무엇이든 들이대고 시작하는 것이 첫 번째다. 실패를 두려워하지 말자. 오늘 하루도 좌충우돌하면서 결국 승리하는 당신이 되었으면 좋겠다. 그대가 바로 진정한 "미친 실패력"의 소유자다.

"한번 실패했다고 모든 것이 끝난 것이 아니다. 긴 인생에서 볼 때 실패는 성장으로 향하는 자양분이 된다."

『미친 실패력』, 황상열, 2017

제가 출간한

2번째 책으로

실패도 인생에서 중요하다는 것을

알려주는 책입니다.

당신만 지치지 않으면 됩니다

진정한 삶의 의미

2022년 12월 어느 날 새벽에 열린 카타르 월드컵 브라질과의 16강전에서 대한민국 축구 국가대표팀은 아깝게 패배했다. 강력한 우승 후보이자 축구로 세계 1등을 다투는 브라질 대표님을 이긴다는 것은 사실상 어려운 일이다.

전반에 네 골을 먹고 경기를 포기하는 듯 보였지만, 후반에 사력을 다해서 한 골을 만회하면서 유종의 미를 거두었다. 세계의 격차를 다시 한번 확인했지만, 12년 만의 16강 진출과 시원시원한 경기력에 많은 국민이 찬사와 박수를 보냈다.

경기를 마치고 나오는 선수들의 얼굴에는 아쉬움이 가득했다. 선수 한 명 한 명의 인터뷰도 편집된 유튜브 영상을 보면서 울컥했다. 아마도 4년 동안 준비했던 자신의 모든 것을 쏟아부었던 진심이 보였기 때문이다. 선수들에게 축구가 그들이 살아가는 진정한 삶의 의미가 아니었을까? 나보다 15~20살 어린 선수들이지만, 자신의 한 분야를 오랫동안 지독하게 몰입하는 그 모습이 정말 멋져 보였다. 아니 어찌 보면 존경스러웠다.

독서와 글쓰기를 접하기 전까지 내가 왜 사는가에 대한 질문에 답하지 못했다. 내가 살아가는 이유에 대해 심각하게 생각한 적이 없기 때문이다. 사회가 정해놓은 기준에 잘 맞추어 살면 그만이라고 생각했다. 그 기준에 부합하기 위해서만 노력했다. 물론 사회가 맞추어 놓은 기준에 따라 사는 것이 나쁘다는 이야기는 아니다.

하지만 그 기준에 부합하지 못하면 정상이 아니라는 편견이 문제였다. 남자 나이 기준으로 20대 후반~30대 초반까지 취업해야 한다. 30대 중반 결혼을 하고, 집 한 채 정도는 가지고 있는 게 정상인데, 여기에 충족하지 못하는 사람은 이상하게 쳐다보는 것이 현실이었다. 요새 그나마 남들이 정해놓은 기준을 지키지 않아도 당당하게 자신의 삶을 사는 사람이 많아지고 있다.

"삶의 의미는 자신의 재능을 찾는 것에 있다. 사람의 목적은 그 재능을 세상에 선물로 주는 것이다."라고 20세기 천재 화가 피카소가 말했다. 예전 이 구절을 읽었을 때는 과연 나의 재능이 있는지 궁금했다. 할 줄 아는 일은 대학에서 배운 전공 분야뿐이었다. 그나마 그것이라도 있어서 회사를 다니면서 먹고살 수 있었다. 그래도 다른 재능이 있는지 한번 찾아보기 시작했다.

인생의 바닥까지 떨어지고 나서야 다시 살기 위해 시작했던 독서와 글쓰기가 지금 생각하면 나의 재능이었다. 타고난 게 아니라 매일 읽고 쓰면서 갈고닦으면서 가지게 된 능력이 아닐까 싶다. 그 두

개의 도구로 세상 사람들에게 조금이나마 선물로 나누어 주고 있으
니 살아 있음을 느낀다.

피카소의 말처럼 자신이 가지고 있는 재능을 찾아 타인에게 나누
어 주며 살 수 있다면 그것이 진정한 삶의 의미가 아닐까 싶다. 삶의
의미를 찾는 것은 자신에게 주어진 사명을 찾는 것과 같다. 오늘도
인생이 지치고 힘든 사람들에게 읽고 쓰는 삶을 전파하고 싶다. 그
것이 지금 내가 살아가는 이유다. 이 글을 읽는 당신도 한번 진짜 내
가 살아가는 이유를 한 번 생각해 보는 것은 어떨까? 하나라도 찾을
수 있다면 더 근사한 인생을 만날 수 있다.

"살아 있는 것 자체가 기적이다. 하지만 진짜 내가 살아가는 목적
과 이유를 발견할 수 있다면 좀 더 빛나는 인생을 살 수 있다."

무엇이 되느냐보다 어떻게 사느냐가 더 중요하다

* 어린 시절의 꿈

아프리카에 사는 원주민을 치료하는 한 사람이 멋있게 보였다. 자신이 가진 부와 명예를 포기하고 어려운 환경에서 다른 사람을 위해 희생하는 그 모습이 존경스러웠다. 어린 시절 어머니가 사준 위인전을 통해 슈바이처 박사를 알게 되었다. 그전까지 무엇이 되고 싶다고 물어보면 '대통령'이라고 생각 없이 대답했다. 그랬던 내가 처음으로 무엇이 되고 싶다는 생각을 하게 되었다. 바로 의사였다.

　의사가 되기 위해서는 어떻게 해야 하는지 어머니께 물어보았다. 공부를 열심히 해야 의사가 될 수 있다고 했다. 열심히보다 잘해야 하고, 의사는 정말 아는 지식이 많아야 한다는 말씀에 눈빛이 반짝이기 시작했다. 처음으로 되고 싶은 대상이 생겼으니 이제 실행으로 옮기기로 했다. 정말 나름대로 열심히 책을 보고 공부했다. 의사만 될 수 있다면 탄탄대로가 펼쳐질 것처럼 느껴졌다.

　　* 의사가 되기는 개뿔

　사춘기가 되어서도 의사가 되겠다는 꿈은 변함이 없었다. 특히 치과의사가 꿈이었다. 내 이가 못생긴 이유도 있지만 다른 과 의사보다 더 멋지게 보였다. 의대에 가기 위해 열심히 공부했지만 실패했다. 모의고사에서 충분히 갈 수 있는 점수가 되었지만, 본 시험에서 망치는 바람에 물거품이 되었다. 나는 그렇게 의사의 꿈을 접게 되었다.

점수에 맞추어 들어간 대학의 전공이 내 직업이 되었다. 지구과학 교사가 되고 싶어서 들어갔던 "지구환경시스템공학부"가 "도시공학"과 "토목공학"이 합쳐진 과라는 것을 신입생 오리엔테이션에 가서 알았다. 이때 내가 참 무지한 걸 처음 알았다. 어떻게 자신의 진로를 점수에 맡길 수 있단 말인가? 그나마 나한테 잘 맞는 학문이 도시공학이었다. 도시공학은 도시계획, 교통공학 등 세분화된 학문으로 또 분류가 되었다. 졸업하고 지금까지 그 전공으로 먹고 살고 있다.

하지만 그 전공을 살려 일을 하다가 인생의 쓴맛도 경험했다. 계속되는 야근과 밤샘근무, 발주처의 갑질, 그것보다 더 힘들게 했던 임금 체불 등으로 결국 저 바닥까지 떨어졌다. 인생의 변화가 필요했다. 그때부터 다시 무엇이 될지 꿈을 꾸기 시작했다. 바로 그것은 '작가'였다. 독서와 글쓰기를 만나고 나서 새로운 두근거림을 느꼈다.

매일 조금씩 글을 쓴 덕분에 여러 권의 책을 출간한 작가가 되었다. 세 번째 책을 출간하기까지 2년밖에 걸리지 않았다. 그게 5년 전 겨울이다. 작가가 되는 꿈을 현실로 만들고 나니 뿌듯했다. 그 뒤로도 계속 글을 썼다. 하지만 뭔가 예전처럼 끓어오르지 않았다. 기계처럼 썼다. 작가가 되었다고 매너리즘에 빠진 듯했다. 아니 빠진 게 맞다. 돌파구가 필요했다.

여러 책을 다시 읽고 멘토들의 강의를 듣고 한 가지 사실을 알게 되었다. 인생을 잘 사는 길은 '무엇이 되느냐?' 보다 '어떻게 살아야 하는가?'가 더 중요하다는 것을. 더 중요하다는 것을. 작가가 되었지만 앞으로 어떻게 살아야 할지 몰랐다. 곰곰이 생각했다. 앞으로 어떻게 살아야 할 것인지에 대해.

결국 찾았다. 앞으로 지치고 힘든 인생을 살아가는 사람들에게 읽고 쓰는 삶을 전파하면서 살기로. 힘든 인생을 독서와 글쓰기로 이

겪냈던 그 경험을 나누어 주고 싶었다. 어떻게 살아야 하는가는 바로 나의 사명을 찾는 것이었다. 인생을 잘 살기 위해서는 자신의 사명이 있어야 한다. 이 글을 읽는 당신도 지금 무엇이 되느냐보다 어떻게 살아야 하는가에 더 초점을 맞추어보자. 그것만 찾을 수 있다면 당신의 인생도 더 근사해질 것이다.

"당신의 사명과 소명을 찾아 이 세상의 많은 사람들을 많이 도와주는 인생이야 말로 가장 값지다."

2장

당신은
빛날
거예요

가슴 뛰는 삶은 자신의 꿈에서 시작한다

"저는 꿈이 없어요. 뭘 해야 할지 모르겠어요."

얼마 전 모임에서 만난 20대 청년에게 꿈이 뭐냐고 질문했는데, 이렇게 답변이 돌아왔다. 뭐라고 해야 할지 몰라 그를 멍하게 몇 초 동안 쳐다보았다. 그도 나를 보더니 고개를 떨구었다. 그 모습에 내가 더 손을 저으면서 고개를 들라고 말했다.

"아예 꿈이 없어요? 그래도 취업해서 돈을 벌고 싶다거나 공부를 더 한다든가 등 이런 현실적인 것도 꿈이 될 수 있는데. 그냥 미래에 내 모습이 어떻게 될지 상상해 본 적 없어요?"

"잘 모르겠어요. 생각해 본 적이 없어요."

그것이 더 문제였다. 자신의 미래를 상상해 본 적도 없다니. 더 물어보니 부모님이 하라는 대로 공부하고 대학에 진학했다. 전공도 본인의 선택이 아닌 부모님이 취업이 잘되는 것으로 하라고 해서 선택했다고 고백한다. 지금까지 스스로 선택해 본 적도 없으니 당연히 자신이 무엇을 원하는지 어떤 꿈을 꾸어야 하는지 모르는 것은 당연했다. 나는 그에게 종이를 꺼내서 무엇을 할 때 즐거운지, 남에게 어렵지만 자신에게 쉬운 것이 있는지 등에 대해 한번 써보라고 했다. 그것이 잃어버린 자신의 꿈을 찾는 데 도움이 될 것이라고 말했다. 그는 그제야 미소를 지으면서 나에게 고맙다고 인사하고 헤어졌다.

그렇게 따지고 보면 나도 작가가 되겠다고 마음먹기 전까지 꿈이 없었다. 아니 있긴 있었다. 앞에 20대 후배에게 질문했던 내용대로 취업해서 빨리 돈을 벌고 회사에서 높은 자리까지 가는 것이 유일한 꿈이었을지 모른다. 이것도 진정으로 내가 원한 것이 아니라 사회가 만들어놓은 기준에 충족하기 위함이었다.

스스로 원한 꿈이 없다 보니 시간이 지나면서 되는대로 살게 되었다. 내가 주인이 아닌 끌려가는 삶을 영위하게 된 것이다. 탈출구가 필요했다. 내가 진정으로 원하는 것이 무엇인지 알고 싶었지만 잘 떠오르지 않았다. 답을 몰랐다. 해고당하고 인생의 나락으로 떨어지고 나서야 그 답을 찾기 위해 책을 읽기 시작했다.

생존 독서를 하면서 책에서 공통된 내용이 하나 있었다. 자신이 원하는 삶을 살기 위해서는 꿈과 목표가 필요하다는 내용이다. 그때부터 내 꿈이 무엇인지 고민했다. 몇 날 며칠을 생각하다 보니 작가가 되어 많은 사람에게 희망을 주고 싶었다.

꿈이 생기고 나자 가슴이 뛰기 시작했다. 뭔가 할 수 있다는 자신감이 내 안에서 꿈틀거렸다. 꿈이 없거나 잃는다는 것은 삶의 의미를 잃어버리는 것과 같다. 내 인생의 주인공이 되어 주체적인 삶을 살고 싶다면 꿈이 있어야 한다. 불멸의 역작 『돈키호테』를 쓴 세르반테스도 그의 현실은 비극이었지만, 많은 사람에게 위로와 희망을 주고 싶다는 꿈을 꾸면서 평생 동안 글을 썼다. 『돈키호테』가 나온 것도 그의 나이가 50대였다.

나도 여전히 현실은 먹고 사는 문제로 고민이 많다. 하지만 죽을 때까지 읽고 쓰는 삶을 통해 많은 사람들에게 희망과 위로를 전하고 싶다는 꿈이 있다. 그 꿈으로 오늘도 한 편의 글을 써본다. 이 글을 읽는 당신도 여전히 뭘 해야 할지 모르거나 꿈이 없다면 오늘 한 번 자신의 꿈과 목표를 적어보자. 가슴 뛰는 삶은 자신의 꿈에서부터 비로소 시작한다.

"돈을 주고 살 수 없는 것이 바로 자신의 꿈이다. 꿈이 있으면 매 순간 가슴 뛰는 삶을 살 수 있다. 그대의 꿈을 찾아 그대 이름으로 살아라."

『돈키호테』, 세르반테스, 1605

읽어보시면

돈키호테의 모험 이야기를 통해 얻을 수 있는

"현실과 이상 사이에서 균형을 찾으며,

용기 있게 자신의 꿈을 추구하자."

라는 깨달음은,

인생에 도움을 줄 수 있습니다.

당신의 시간은 빠르게 지나가나요?

"너 왜 이렇게 글쓰기 삐뚤삐뚤하니? 무슨 글씨인지 하나도 모르
겠다."

"저는 알아보겠는데요?"

"야, 너만 알아보면 뭐하냐? 이건 무슨 글씨야?"

글쓰기 교정을 하기 위해 서예학원에 어머니의 권유로 다니게 되
었다. 처음에는 펜글씨로 매일 한 개의 문장을 몇 번씩 반복해서 썼

다. 모음과 자음을 똑바로 잘 써야 해서 몇 번 쓰다 보면 팔이 아팠다.

  적어도 10번 정도 써야 했는데, 3번만 써도 손목이 부들부들 떨릴 정도였다. 1시간 정도 진행하는 수업에도 불구하고 정말 시간이 가지 않았다. 2번 쓰고 시계를 봐도 이제 10분이 지났다. 연필을 쥔 손가락과 지탱하고 있는 손목이 너무 아팠다. 더 이상 쓰고 싶지 않았다. 언제까지 이 교정을 해야 할까 라는 생각이 들자 긴 한숨부터 나왔다.

  38살이 되던 2015년, 나는 작가가 되고 싶었다. 이전까지 글을 쓰겠다고 마음먹은 적은 없었다. 아니 생각조차 한 적 없다. 그러나 인생이 풀리지 않는 시기에 내 안의 감정은 소용돌이였다. 가끔은 저 아래 시궁창에 빠진 느낌까지 들었다.

  그 감정을 해소하기 위해 무작정 노트북을 켜고 자판기를 두드렸다. 그렇게 치다 보니 글쓰기 매력에 푹 빠지게 되었다. 나를 제대로 돌아보게 되었다. 글을 쓰는 시간만큼은 누가 건드려도 모를 정도로 빨리 지나갔다. 한번 쓰기 시작해서 분량을 채우고 한두 번 고칠 때까지 3~4시간은 순식간이다.

시간을 보내는데 이렇게 다른 느낌이 드는 이유는 자신이 "좋아하고 관심 있는 일"을 하느냐, "어쩔 수 없이 해야 하는 일"을 하느냐의 차이 때문이다. 앞에서 언급한 글씨를 교정하는 일은 어머니의 권유에 시작했지만 내가 원해서 하는 일이 아니다 보니 시간이 더디게 갔다. 반대로 작가가 되고 싶어 글을 쓰는 행위는 나의 관심사다 보니 그 시간을 보내는 것이 더 빠르게 지나간 것처럼 느껴진 것이다.

시간은 부자나 가난한 사람이든 상관없이 누구에게나 공평하게 주어진 자산이다. 이 시간을 어떻게 관리하고 활용하느냐에 따라 그 사람의 성공과 실패가 달라진다. 나도 쓸데없이 시간을 낭비한 적이 많아 남은 인생에서라도 허투루 시간을 쓰지 않기 위해 노력하고 있다.

1시간이 모여 24시간이 되면 그것이 하루다. 오늘 하루를 자신이 원하는 일을 하면서 보내고 있다면 가장 좋은 현상이다. 그 하루가 모여서 1년이 되면 그 분야에서 성장하는 자신을 발견할 수 있다. 이 글을 읽는 당신도 여전히 원하지 않는 일을 하면서 하루를 보내고 있다면 오늘 한번 자신의 관심사를 찾아보는 것은 어떨까? 단 10분이라도 자신이 좋아하는 일을 할 수 있다면 그 시간만큼은 빠르게 지나가고 미소 짓는 당신을 보게 된다.

"자신이 좋아하는 일을 하는 시간만큼 행복한 일은 없다."

결국 혼자서 끝까지 뛰어야 한다

"아빠, 모르겠어. 어떻게 풀어야 해?"

초등학교 3학년이 된 둘째 아이가 연필을 던지며 나를 돌아본다. 얼굴은 또 찌푸려져 있고, 입은 삐죽 튀어나와 있다. 잠깐 노트북에 앉아 글을 쓰고 있던 나는 아이에게 다가갔다. 수학 문제집을 풀다가 어려운 문제를 만난 듯하다.

"자, 이건 이렇게 하면 돼. 하나씩 해 볼까?"

"아, 몰라. 아빠가 다 풀어줘."

"네 숙제는 직접 해야지. 내가 어떻게 답까지 알려주냐?"

"안 풀어. 숙제 안 한다고!"

아들은 문제집을 덮어버리고 밖으로 나가버렸다. 그 모습을 본 나는 또 목소리 톤이 올라갔다. 당장 들어와서 풀라고! 다시 들어올 기미가 보이지 않았다. 한참 후에 들어와서 다시 앉았다.

"아빠가 소리쳐서 미안해. 다만 숙제는 스스로 끝까지 해야지. 어떻게 하는지 방법만 다시 알려줄게."

다시 알려주니 하나씩 풀기 시작한다. 시간이 조금 걸렸지만 아들은 혼자서 끝까지 풀고 숙제를 마무리했다. 잘했다고 아들 머리를 쓰다듬고 다시 나는 방으로 들어왔다.

책 쓰기/글쓰기 수업을 정기적으로 하고 있다. 열심히 강의 듣고 실제로 글을 쓰는 사람도 있지만, 하나부터 열까지 다 직접 도와달라는 수강생도 있다. 어제 그가 메시지로 한 꼭지를 쓰려고 했는데, 첫 문장부터 막혀서 대신 써달라고 한글 파일을 보냈다. 우선 예시로 이렇게 한번 써보시면 좋을 것 같다고 정중하게 답신을 보냈다.

다음에는 어떻게 풀어내야 할지 모르겠다고 다시 메시지가 왔다. 강의할 때 다 알려드렸으니 영상을 다시 보시고 적용하시면 될 것 같다고 답변했더니 책 쓰기 코치가 다 도와주는 거 아니었냐고 큰소리를 친다. 한숨이 절로 나왔다.

정중하게 제가 선생님 책을 대신 써드리면 그 책의 저자는 제가 되는데, 괜찮겠냐고 물었다. 그건 또 아니라고 하니 이제 혼자서 초고는 끝까지 쓰고 나서 다시 이야기하자고 했다. 더 이상 메시지는 오지 않았다.

지금까지 책 쓰기 수업을 통해 초고를 쓰고 출간까지 했던 작가들은 혼자서 그 힘든 과정을 완주했다. 나는 중간에 강의와 코칭을 통해 그들이 책을 출간할 수 있도록 돕는 역할만 했다. 결국 글을 써서 계약하고 퇴고를 거쳐 출간까지 하는 것은 본인의 몫이다. 무슨 일이든 자신이 직접 실행하고 도전해야 한다. 혼자 힘으로 하지 못해 자꾸 타인에게 기대고 도움을 요청하다 보면 더 이상 발전과 성장할 수 없다.

아직도 혼자서 헤매고 있는가? 분명히 장애물이 있지만 계속 시행착오를 겪으면서 끝까지 갈 수 있다면 그것만으로도 충분히 성장을 기대할 수 있다. 결국 혼자서 끝까지 뛰어야 근사한 성과물을 만나게 된다.

"아무리 좋은 강의를 들어도 결국 자신이 끝까지 써먹지 못하면 아무것도 나오지 않는다. 혼자서 끝까지 해야 자신만의 성과를 만들 수 있다."

꾸준함이 성공을 만든다

"○○ 자격시험에서 불합격되었습니다."

문자를 보는 순간 손이 부들부들 떨렸다. 이번에는 잠도 줄여가며 열심히 공부했는데, 결과는 불합격이었다. 남들 다 합격하는 기사 시험에서 2번이나 떨어졌다. 왜 떨어졌는지 원인을 찾을 생각도 하지 않았다. 그냥 '내 노력이 부족했구나.'라고 머리를 주먹으로 쥐어 박았다. 또 시험을 쳐도 합격하지 못할 것 같은 생각이 들어서 포기했다. 대학교 4학년 졸업반 시절이었다. 나는 결국 전공 기사 시험은 포기하고, 다른 컴퓨터 활용 자격증을 따기 위한 공부에 돌입했다.

졸업하고 사회생활을 시작하면서 기술사가 있으면 좋겠다는 희망을 품었다. 우리나라 기술자라면 누구나 따길 원하는 최고의 자격증이다. 기술사 시험은 난이도가 높아 합격률이 낮다. 그래도 한번 도전해 보기로 했다. 사회생활 시작한 지 8년이 지난 시점이었다. 주말에 가족에게 양해를 구하고 학원 다니면서 공부했다.

그러나 일을 하면서 공부하는 것이 쉽지 않았다. 야근도 많고 일하면서 받는 스트레스도 만만치 않았다. 정신적인 스트레스가 심했다. 머리가 아프니 책을 펴도 내용이 들어오지 않았다. 그래도 시험 합격을 위해 매일 조금씩 시간을 내어 공부했다. 2년 넘게 준비하고 4번의 시험을 쳤지만 모두 떨어졌다. 기술사도 나에겐 무리라고 판단했다. 결국 포기했다.

그 시점 다니던 네 번째 회사에서 해고당했다. 역시 '나는 뭘 해도 안 되는구나.'라고 자포자기했다. 나처럼 풀리지 않는 인생도 존재한다는 사실에 하늘을 멍하게 쳐다보며 울부짖었다. 내 가슴속에는 울분만 가득 찼다. 내 머릿속에는 부정적인 생각만 끊임없이 떠올랐다. 온몸에 힘은 없고 움직이는 것조차 귀찮아졌다. 하루 종일 누워만 있는 시간의 연속이었다.

죽고 싶었지만, 다시 살아야 했기에 조금이라도 뭔가를 다시 하기로 마음먹었다. 인생의 문제가 생길 때마다 책에서 길을 찾았기에 다시 한번 독서부터 시작했다. 읽는 수준이 아니라 책을 씹어 먹었다. 어느 한 단어, 문장, 구절도 놓치고 싶지 않았다. 내 인생이 왜 이렇게 풀리지 않는지 또 어떻게 하면 다시 해결할 수 있을지 밑줄을 치고 생각을 정리하고 기록했다. 그것을 하나씩 실천했다.

독서와 글쓰기를 지속하면서 알게 되었다. 이 세상에는 두 가지가 존재한다는 것을. 무엇을 시도하면 성공과 실패가 있다는 사실을. 하지만 한 가지가 틀렸다. 실패가 아니라 '과정'이라는 단어가 들어

가야 한다고 생각했다. 그런데 이 말을 먼저 한 사람이 있었다. 최고의 MC로 군림하고 있는 바로 강호동이 이 세상에는 '성공'과 '과정'만 있다고 말했다.

나는 두 번의 자격시험에서 몇 번 떨어진 것을 실패라고 여겼다. 다시 도전하지 않고 포기했다. 그래도 자격시험에 합격하기 위해 열심히 공부했던 기간은 과정이 되어 남았다. 그 과정 동안 공부했던 지식이 남아서 업무에 많은 도움이 되었다. 독서와 글쓰기를 통해 작가라는 꿈을 현실로 만들었다. 그리고 지금도 쓰고 있다. 몇 권의 책을 출간했지만 크게 잘된 책은 아직 없다.

그러나 그것이 실패라고 생각하지 않는다. 계속 쓰고 출간하다 보면 언젠간 사람들이 알아줄 작품이 나올 것이라고 믿고 있다. 그 과정이 지루하고 오래 걸릴지라도 상관없다. 8년 넘게 매일 쓰면서 오히려 배운 것들이 더 많으니까. 그 과정이 외롭고 누가 알아주지 않더라도 내 안에 쌓인 모든 경험이 지금 내 인생을 더 빛나게 해주니까.

이 글을 읽는 당신도 힘든 과정을 겪고 있다면 잘하고 있다. 포기하지 않고 꾸준히 가는 자만이 하늘이 허락해준 왕관을 쓸 수 있다. 이 세상에는 성공과 과정만 있다.

"결과에 연연하지 않고 지금 하고 있는 과정에 몰입하여 충실할 수 있다면 반드시 성장과 성과는 같이 따라오게 된다."

그냥 계속하는 것이 정답이다

며칠 전 퇴근 시간 한 지인에게 연락이 왔다. 약 1년 만에 전화를 받았다. 서로 안부를 물으면서 이야기를 이어 나갔다.

"요새도 계속 책 읽고 글을 쓰시죠? 코로나가 좀 풀리니 오프라인 강의도 좀 들어와서 이제야 좀 살 것 같아요."

"네. 저는 똑같이 지내고 있습니다. 같은 회사에서 일하고 퇴근하고 별일 없으면 독서와 글쓰기를 조금씩 하고 있어요."

"우리가 언제 처음 만난 게 2017년 한 모임이었죠? 그 이후로도 6년이 지났는데, 여전히 읽고 쓰는 삶을 유지하는 게 대단해요."

"할 줄 아는 게 많이 없다 보니 그나마 책을 읽고 글을 쓰는 것이 저와 좀 맞는 거 같아서요. 아직 많이 부족합니다."

"책 한 권 내고 안 쓰는 경우가 허다해요. 나도 내 강의 콘텐츠와 관련된 책 한 권 쓰는 것도 정말 힘들어서 그 이후로 글쓰기는 그만 두었어요. 강의 준비하는 것도 힘들어요. 계속 유지하는 게 정말 대단한 것 같아요."

"독서와 글쓰기를 만나기 전까지 무엇인가를 꾸준하게 해 본 적이 한 번도 없어서요. 회사도 계속 옮겨 다니고, 자격증 시험도 한 번 떨어지면 바로 포기하고. 내 인생에 뭔가를 이룬 게 없더라고요. 물론 생활적인 면을 제외하고 말이죠."

대화의 주제는 '꾸준함'으로 계속 이어갔다. 생각해 보면 마흔 전후에 만났던 독서와 글쓰기를 지금까지 유지하고 있는 것도 신기하다. 어느 것 하나를 오래 지속하지 못하고 싫증을 금방 냈던 내가 무슨 일이 있어도 읽고 쓰는 삶을 매일 영위하고 있다. 11년째 계속되는 생존 독서, 만 8년 동안 매일 조금씩 어떻게라도 끼적이는 글쓰기를 통해 꾸준함의 힘에 대해 제대로 알게 되었다.

"선배님은 달리기 계속 하시지 않나요? 저는 운동을 해야 하는데 계속 미루게 되네요."

"아마 작가님이 읽고 쓰는 것처럼 나는 계속 달리기가 좋아서 하는 것 같아요. 지방 강의 가더라도 시간 내서 밤이든 아침이든 뛰거든요. 계속하다 보니 체력도 좋아지는 것 같고요."

"네네. 무엇이든 계속하다 보면 조금씩 성과가 만들어지는 것 같아요."

"맞는 말이에요. 무엇이든 꾸준하게 하는 것이 정답이네요."

인생에서 목표를 이루거나 성공하기 가장 쉬운 방법은 바로 시작과 지속이다. 일단 시작하고 그것을 계속하다 보면 반드시 성과가 나온다. 작가가 되고 싶어 부족하지만 매일 쓰다 보니 어느덧 내 이름으로 된 책이 나왔다. 회사에서 여러 고비를 넘기고 극복하면서 오랫동안 근무했던 사람들은 결국 성과를 내고 임원이 되었다.

이 글을 읽는 당신도 혹시 뭔가를 하고 있지만 잘 되지 않은 것처럼 느껴지는가? 아무 생각하지 말고 그냥 계속하자. 포기하지 말고 계속 지속하다 보면 반드시 자신이 바란 결과물을 만날 수 있다. 계속하는 자를 이길 수 없다.

"포기하는 순간 처음부터 다시 시작해야 한다. 계속 넘어져도 다시 일어나면 그만이다. 꾸준히 하는 자가 진정한 승자이다."

발효할 것인가? 부패할 것인가?

〈베테랑〉이란 영화를 재미있게 봤다. 재벌 3세와 형사의 시원한 액션과 권선징악의 스토리가 잘 어우러진 영화다. 악역으로 재벌 3세 역할을 맡은 젊은 배우의 연기가 압권이었다. 세상에 정말 저런 나쁜 재벌 3세가 있을 법한 현실적인 연기에 박수쳤다.

실제 생활에서도 사회 문제에 자신의 의견을 당당하게 표출하는 모습이 인상적인 배우다. 그랬던 그가 지금은 마약 투입 등에 연루

된 범죄자가 되어 구설수에 올랐다. 많은 사람의 칭송과 응원을 받던 그는 스스로 자신의 인생을 "부패"시켰다.

부패의 반대말은 발효이다. 발효의 정의를 보면 '효모나 세균 등 미생물이 유기 화합물을 분해하여 알콜류, 이산화탄소 따위를 생기게 하는 작용'이라 나온다. 쉽게 이야기해서 어떤 음식을 오래 저장하다 보면 좋게 발효되어 다른 영양가가 있는 음식으로 탈바꿈한다. 우유가 치즈가 되거나 배추를 절여서 김치가 되는 원리가 바로 발효이다. 거꾸로 밥이나 찌개 등을 오래 놓아두면 상하게 된다. 이것이 바로 부패다. 부패가 되면 음식을 버려야 한다.

인생도 마찬가지다. 나이가 들수록 발효가 되어 은은한 성품과 향기가 나는 사람이 있는 반면에 스스로 타락하거나 나쁜 짓을 통해 사회에 큰 손해를 끼치는 사람도 있다. 그런 사람들이 앞에 언급한 젊은 배우같이 스스로 인생을 망친 사례다.

2030 시절의 나도 어떤 관점에서 보면 인생을 스스로 부패하게

만들었다. 일이 조금만 힘들면 징징대거나 불평불만만 터뜨렸다. 스스로 필요 이상의 스트레스를 받아서 그것을 풀기 위해 내 몸을 학대했다. 매일 밤 술에 취해서 나의 정신과 육신을 피곤하게 만들었다. 그 여파로 심신이 망가져서 제대로 일상생활을 못한 날도 많다. 그렇게 지내면서 나 자신을 돌보지 못하다가 밑바닥까지 추락했다.

어떻게든 다시 살고 싶었다. 더 이상 내 자신을 부패시키기 싫었다. 좋은 음식으로 다시 발효하여 거듭나고 싶은 꿈이 생겼다. 그 도구가 나에게 독서와 글쓰기였다. 책을 읽고 글을 쓰면서 내 인생을 조금씩 좋게 만들 수 있었다. 물론 여전히 나쁜 버릇은 조금씩 남아 있지만, 예전보다 확실하게 발효되어 인생의 극적인 변화를 가져오게 되었다. 얼마나 더 살지 모르지만 남은 인생은 계속 조금씩 발효시켜 많은 사람들에게 읽고 쓰는 삶을 전파하고 싶다.

지금 이 글을 읽고 있는 당신도 혹시 끝이 없는 터널에 빠져 헤매고 있거나 자신을 너무 혹사시키고 있다면 잠시 멈추어보자. 그 자체가 당신의 인생을 부패시키고 있다고 보면 된다. 자신이 할 수 있는 선에서 조금씩 그 터널을 빠져나올 수 있는 방법을 찾아 실행한다면 이제 발효가 시작되는 것이다. 계속 부패할 것인가? 다시 발효할 것인가? 어떤 선택을 하느냐에 따라 당신의 인생은 기적으로 갈지 바닥으로 내려갈지 결정된다. 한번 사는 인생! 발효시켜 좋은 향기가 나는 사람으로 살아가는 것이 낫지 않겠는가?

"자신이 가진 지식과 경험을 푹 발효시켜 많은 사람들에게 자신의 향기를 남기자!"

인생 마지막 날 어떤 고백을 남기고 싶나요?

"이제 황상열 씨의 생이 얼마 남지 않았습니다. 남은 사람들에게 마지막으로 하고 싶은 말이 있으신가요?"

산소 호흡기를 달고 마른 한 남자가 누워 있다. 의사는 이제 살날이 얼마 남지 않았다고 담담하게 이야기한다. 듣고 있는 나는 뭔가 홀가분한 마음이 든다. 인생의 끝이 보인다는 생각이 들었는지 오히려 담담하다.

하고 싶은 말이 무엇이 있을까? 숨쉬기도 힘든데 말을 하라고 하니 뭔가 아이러니했다. 말보다 글이 편한 사람이라 종이와 펜을 가져달라고 했다. 몸에 힘이 하나도 없어서 손가락에 펜을 쥐기도 힘들다. 다시 포기하고 녹음기를 가져다 달라고 했다. 가족 중 한 명이 내 입에 녹음기를 틀어주었다. 뭐라고 말할 찰나에.

눈을 뜨니 깜깜하다. 아직 동이 트려면 한참 시간이 남았다. 옆을 보니 아직 아내와 아이들은 자고 있다. 내 볼을 꼬집으니 너무 아프다. 아직 환자는 아니구나. 꿈에 본 나는 완전히 이제 죽음을 앞둔 말기 암 환자였다. 왜 그런 꿈을 꾸었을까? 다른 것은 희미해지는데, 그 의사의 질문은 또렷하게 내 머릿속에 남았다.

주일이 되면 교회 예배에 참여한다. 목사님의 설교 주제가 부활에 관한 것이다. 그 내용 중의 질문 하나가 바로 오늘 제목이었다. 며칠 전 꿈에서 의사가 이야기한 질문과 일맥상통한다. 계속 인생을 어떻게 살아야 하는지 생각하다 보니 이런 질문까지 오게 되었다.

집으로 돌아오는 길에 이 질문의 답을 곰곰이 생각해봤다. 과연 인생의 마지막 날을 앞두고 있다면 어떤 고백을 남기고 싶을까? 이미 자신의 죽음을 예견한 사람들은 유언장을 미리 쓰기도 한다. 갑작스러운 죽음에 이런 고백조차 남기지 못하고 세상을 뜨는 사람도 있다.

아이폰을 남기고 50대 중반에 세상을 떠난 스티브 잡스는 죽음을 얼마 앞두고 이런 고백을 남겼다.

"내가 고등학생 시절부터 '매일 아침 오늘이 내 인생의 마지막 날이라면 나는 지금부터 하려는 바로 이 일을 할 것인가?'에 대해 질문하면서 살았습니다. 우리는 앞을 바라보면서 점들을 연결할 수 없습니다. 오로지 뒤를 바라볼 때만 우리가 찍어온 점들을 연결할 수 있습니다. 부디 다른 사람의 삶을 사느라 시간을 허비하지 마세요. 스스로 위대하다고 생각하는 일을 하세요."

참으로 54년의 짧지만 굵고 살다 간 잡스다운 고백이다. 이 구절을 읽어보면서 나도 지금 시점에서 만약 이 세상을 떠나게 된다면 이런 고백을 남기고 싶다.

"하고 싶은 것, 되고 싶은 것, 갖고 싶은 것을 위해 기꺼이 열정적으로 도전하고 들이대며 살았습니다. 그 와중에 많은 실패도 하고, 조금이지만 성과를 내기도 했습니다. 짧은 인생이었지만 자신만의 삶을 주도적으로 살면서 행복하게 살았습니다. 혹시 지금 헤매고 있다면 당신만의 모멘텀을 찾아 멋진 자신만의 인생을 살았으면 좋겠습니다. 여러분이 있어 행복했습니다."

아마도 이런 고백으로 남기지 않았을까? 가장 멋지고 울림이 있던 고백은 바로 천상병 시인의 『귀천』이 아닐까 싶다. 이 시의 마지막 구절을 소개하면서 이 글을 읽고 있는 당신은 생의 마지막 날이라면 어떤 고백을 남기고 싶은지 한번 생각해 보는 것은 어떨까?

"나 하늘로 돌아가리라. 아름다운 이 세상 소풍 끝내는 날, 가서, 아름다웠다고 말하리라…." -『귀천』, 천상병

이 세상에는 다양한 인생이 존재한다

작년 11월 2023년 대학수학능력시험 날이다. 전국 50여만 명 수험생들이 그동안 준비했던 입시의 마지막 날이다. 짧게는 1년, 길게는 3년 정도 수능시험 하루를 위해 자신의 모든 것을 쏟아부었다. 물론 공부를 안 하는 사람도 있지만, 자신이 목표한 대학에 가기 위해 대부분이 엄청난 노력을 한다.

중간에 시험을 포기한 학생도 있다는 기사를 보았다. '시험 포기

확인증'을 발급받아서 자신의 어머니에게 사진을 찍어 문자메시지로 보냈다고 한다. 그것을 본 어머니는 얼마나 억장이 무너졌을까? 학생이 시험을 잘 치고 나서 좋은 대학에 가길 바라는 마음은 누구나 다르지 않다.

반대로 시험을 얼마나 보기가 싫었으면 저런 행동을 했을까? 자격증 시험을 볼 때 공부도 하지 않고 너무 보기 싫어서 중간에 나온 경험이 있다 보니 그 학생의 심정은 충분히 이해가 간다. 하지만 자격증 시험과 달리 수능 시험은 자신의 인생이 걸린 중요한 시험이다. 힘들더라도 끝까지 포기하지 않았다면 시험을 망쳤더라도 점수는 남았을 텐데. 좀 아쉬운 생각이 든다. 왜 끝까지 보지 않았냐는 어머니의 답장에 자신은 공부할 머리가 아니고 공장에서 일할 팔자라고 자책한다.

27년 전 수능시험을 봤던 19살의 내가 그랬다. 오로지 명문대학에 가기 위해 고등학교 2학년 가을부터 1년 동안 정말 열심히 공부했다. 사고력이 부족하고 암기를 잘했던 나는 다른 동기들에 비해 내신은 강했지만 수능 모의고사는 상대적으로 약했다. 내가 가고 싶은 대학에 가기 위해서는 점수를 더 올려야 했다. 쉬는 시간에도 점심시간에도 계속 앉아서 책만 봤다. 그 시절의 내가 알았던 인생 성공 방정식의 정답은 하나였다. 오로지 좋은 대학을 나와 좋은 직장에 취업하는 일.

그렇게 열심히 공부했지만 진짜 수능시험을 망쳤다. 내가 원하는 대학에 갈 수 없었다. 정답이 없어지자 어떻게 해야 할 줄 몰랐다. 그동안 달려왔던 내 인생이 너무 허무했다. 무엇을 위해 그렇게 노력했는지 억울했다. 시험 한 번 망친 것으로 나는 내 인생 자체를 실패로 규정했다. 아마도 이 시기에 이런 생각으로 공허함에 빠져 자신의 인생을 스스로 등지는 학생이 많다. 한참 방황했다. 아버지는 다시 시작해서 시험을 보라고 했지만, 재수를 하는 것은 너무 싫었다. 수능 점수에 맞추어 대학에 진학해서 지금까지 여러 번의 실패를 겪으면서 지금까지 왔다.

지나고 보면 고비가 생길 때마다 남들보다 크게 좌절하고 실망했다. 사회가 만든 기준에 벗어나면 다 실패라고 규정했다. 그런데 지금 생각하면 오히려 남들처럼 정석대로 살아본 적은 없다. 만 18년째 직장 생활을 하면서 7번의 이직도 흔하지 않다. 월급이 밀려서 생활고에 시달린 적도 있다. 마흔 즈음에 만난 독서와 글쓰기를 통해서 인생에 꼭 하나의 정답만 있는 것이 아니라는 사실을 깨달았다.

아마도 시험을 포기했던 그 친구도 지금은 힘들지 몰라도 분명히 자신에게 맞는 인생의 성공 방정식이 있다. 아직 그것을 찾지 못했을 뿐이다. 지금 그 학생의 어머니 심정은 타들어 갈 것이다. 그러나 학생이 어떤 선택을 하든지 지지하고 기다려 준다면 분명히 다시 좋은 날은 올 것이라 믿는다. 이 세상에는 다양한 사람이 살아가고, 그들이 만들어가는 인생 스토리는 다 다르다. 또 수많은 성공자를 보면 꼭 좋은 학교를 나와 좋은 직장으로 나온 것은 아니다. 자신만의 멋진 인생은 결국 나 스스로 만드는 것이다.

수능시험 치르느라 고생한 수험생 여러분들에게 수고했다고 말하고 싶다. 또 그 결과가 어떻든 너무 실망하지 말고 다른 길을 개척해서 가다 보면 반드시 자신만의 근사한 인생을 만날 수 있으니 의기소침하지 말길 바란다.

"한 개의 문이 닫히면 또 다른 문이 열리는 것이 인생이다. 하나의 길만 찾지 말고 자신에게 맞는 길을 찾아가다 보면 근사한 인생이 시작된다."

세상에 하찮은 일은 없다

10년 전에 다녔던 전 회사에서 일어난 일이다. 과장 직급으로 근무하던 나는 매일 업무가 과다했다. 직원을 새로 뽑아달라고 회사에 건의를 여러 번 했다. 회사 사정이 좀 나아지자 한 명을 채용하기로 했다. 공고를 구직 사이트에 올렸다. 신입과 경력이 2년이 채 되지 않는 사람들이 지원을 많이 했다. 그중에 괜찮은 사람들에게 연락해서 면접을 진행하고, 최종적으로 한 명을 뽑았다.

회사에 면접을 본 경험이 있는 사람들은 다들 알 것이다. 그 회사에 들어가기 위해 자신의 몸을 바쳐 충성하겠다고 한다. 입사하고 처음에는 의욕이 불탄다. 하지만 시간이 갈수록 그 열정이 사그라든다. 그 직원도 역시 마찬가지였다. 면접 볼 때 열심히 하겠다고 또박또박 나와 사장님 앞에서 이야기했다. 그 똘망똘망한 눈빛이 마음에 들어 내가 뽑자고 해서 졸라서 들어온 사람이다.

첫 출근 후 아직 신입이라 본 업무에 투입시키기는 어려웠다. 자료 복사나 취합, 사무실 정리 등을 지시했다. 갑자기 표정이 바뀌면서 마지못해 일을 시작했다. 대충 하는 시늉만 했다. 그 모습을 보다 못한 내가 무슨 일을 그렇게 하냐고 했더니 갑자기 그만두겠다고 한다.

순간 얼음이 되었다. 분노가 치밀어 올랐지만 잠시 가라앉히고 물었다.

"지금 본 업무에 투입하는 것은 아직 어렵고, 며칠 적응하면 하나씩 보조 업무를 줄 거예요. 학교에서 배운 것과 회사에서 실제로 하는 것은 차이가 있어요. 그리고 자료 복사와 취합도 중요한 일인데 하찮은 일은 아니죠."

"아! 진짜 저 그만둘게요."

그 한 마디에 결국 참지 못했다. 그냥 집에 가라고 한마디했다. 씩 씩대는 그녀는 자신의 짐을 챙기고 나가버렸다. 사무실 직원들 모 두가 그녀의 말과 행동을 보고 순간 모두 얼음이 되었다. 그 일이 있 고 나서 세상에는 하찮은 일은 없다는 사실을 깨달았다. 작은 일도 대충하지 않았는지 반성하는 계기가 되었다.

영국 엘리자베스 1세 시대에 니콜라이라는 집사가 있었다. 영국 한 대성당에서 청소와 심부름을 했다. 또 1시간마다 정각이 되면 정 확하게 종을 치는 일도 병행했다. 니콜라이는 자신에게 주어진 일 에 최선을 다했다. 청소나 심부름도 허투루 하지 않았다.

특히 시간마다 종을 치는 일도 정성을 다하다 보니 주민들은 그의 종소리를 듣고 시간을 파악하거나 약속을 잡았다. 시간이 흘러 죽을병에 걸렸는데도 불구하고 종을 치러 나갔다. 종을 치고 그 아래서 숨을 거두었다고 전해진다. 남들이 보기에 하찮은 일이지만 그는 자신의 노력으로 중요하고 고귀한 일로 만들었다.

나이가 들면서 지금 내게 주어진 업무가 작고 하찮은 것이라도 해도 정성을 다하려고 한다. 혹시 자신의 업무가 하찮다고 아무런 노력도 하지 않으면서 불평하고 있지 않은가? 지금 하고 있는 일이 작더라도 최선을 다하자. 그렇게 매일 조금씩 정성을 쌓으면 근사하고 고귀한 일이 될 수 있으니까. 다시 한번 말하지만 세상에 하찮은 일은 없다.

"아무리 작은 일이라도 최선을 다하자. 그 작은 일이 당신의 인생을 바꿀 수 있다."

3장

당신은
혼자가
아니에요

나쁜 기억과 마주해 보는 것도 좋다

어떤 커뮤니티에서 한 남자의 글을 보게 되었다. 결혼한 지 이제 1
년이 넘은 신혼부부다. 결혼을 하게 되면 연애할 때와 다르다. 양쪽
집안도 챙겨야 한다. 시댁과 처가에 명절이나 기념일에 방문하여
시간을 보낸다. 이 글을 쓴 남자는 처가에 다녀올 때마다 기분이 우
울해진다고 했다. 무슨 내용인지 궁금해서 주의 깊게 읽어보게 되
었다.

글쓴이의 아내가 자란 처가 분위기는 상당히 화목하다. 처가에 가면 장인과 장인어른이 사위가 왔다고 극진히 대접한다. 글쓴이는 그런 분위기가 너무 익숙하지 않아 갈 때마다 당황스럽다고 표현했다. 자신이 살았던 집의 분위기와 정반대라 황송하기도 하고 한편으로는 행복하다고 글에서 전하고 있다.

행복한 시간을 보내고 다시 집으로 아내와 돌아오면 눈물이 왈칵 쏟아진다고 했다. 그 이유를 알아보니 어린 시절 아버지에게 이유 없이 맞고, 시험을 잘 쳐도 어머니에게 칭찬 한마디를 들어보지 못했다. 아내는 글쓴이가 왜 그런지 의아했지만, 과거 이야기를 듣고 아무 말도 하지 못하고 같이 울었다고 한다.

다시 떠올리고 싶지 않았던 그 시절의 기억이 자꾸 처가에 갈 때마다 마주치는 것이 처음에는 힘들었다. 하지만 자꾸 나쁜 기억과 마주하다 보니 자신을 괴롭혔던 원인이 무엇인지 알고 어떻게 벗어나야 할지 알게 되었다. 이제는 앞으로 행복하게 지낼 수 있을 것 같다는 구절로 글쓴이는 글을 마무리했다.

11년 전 다니던 회사에서 해고당했다. 회사 사정이 어려워 더 이상 월급을 줄 수 없었다. 설상가상으로 나도 업무상 실수를 하게 되었다. 그게 원인이 되어 새로운 프로젝트를 계약하지 못했다. 그 당시 팀장으로 있던 나는 책임을 져야 했다. 갑작스러운 해고를 당하게 되자 당황스러웠다. 전혀 예상하지 못한 방향으로 내 인생은 전개되었다.

며칠 동안 집 밖을 나가지 않았다. 대인 기피증에 걸렸지만 그래도 챙겨주는 소수의 지인이나 친구들이 부르면 저녁에 조용히 만났다. 술자리에서 그들 앞에서 나의 가슴을 손으로 치면서 울부짖었다. 제발 한 번만 살려달라고. 도와달라고. 술잔을 연거푸 마시다가 다들 헤어졌다.

답답한 마음에 밤거리를 방황했다. 주머니에는 돈 한 푼 없었다. 내 인생은 왜 이렇게 풀리지 않느냐고 하늘을 보면서 소리쳤다. 잘 흘러가던 내 인생의 시계는 35살 어느 시점부터 거꾸로 흘렀다.

오늘 글을 쓰면서 그 당시 떠올리고 싶지 않던 나쁜 기억과 다시 마주하고 있다. 힘든 시절이 없었다면 아마 읽고 쓰는 삶을 만나지 못했을 것이다. 그렇게 방황하던 시기가 있었기에 인생을 다시 배울 수 있었다.

나쁜 기억과 조우하는 것도 자신을 이해하는 데 도움이 된다. 모든 일에는 양면성이 있다. 이 글을 읽고 있는 당신도 혹시 괴롭고 나쁜 기억이 있는가? 오늘은 그 기억을 피하지 말고 한번 떠올려 보자. 당장 괴로울 수 있지만 천천히 그 기억을 마주하고 자신을 돌아보면 또 다른 세상을 만날 수 있다.

"가끔은 과거의 나와 만나는 시간을 갖자. 그 기간이 있었기에 지금의 당신이 있는 것이다."

감정도 잘 표출해야 살아갈 수 있다

얼마 전 20대 유명한 아이돌 멤버가 집에서 숨진 채 발견되었다는 소식을 들었다. 나이가 들어서 그런지 요새 젊은 아이돌이 누구인지 잘 모른다. 기사를 보니 꽤 유명한 사람인 듯했다. 특히 눈에 띈 것은 많은 사람들이 그를 추모한다는 점이었다. 자세히 보니 인성과 태도가 바른 친구였던 것 같다. 그의 갑작스러운 죽음에 놀라서 바쁜 자신의 일상을 멈추고 빈소로 달려가는 사람이 많다는 점은 평소 어떻게 살아왔는지 잘 보여주고 있다.

그와 같이 일을 했다는 스태프의 한 마디가 내 마음을 먹먹하게 했다.

"나는 예술가들을 담당하고 있기 때문에 그들과 긴밀히 협력하고 있다. 함께 일했던 경험으로 보면 그는, 오후나 한밤중에 항상 가장 먼저 나에게 인사를 하는 사람이다. 항상 '방해해서 미안하지만, 저 좀 도와주시겠어요?'라고 말하는 예의 바르고 착했던 아이다. 우리 한테 명령한 적 없다. 대신 그는 항상 필요한 것이 있을 때 정중하게 물어본다."

이 글만 읽어봐도 자신이 좀 손해보더라도 타인을 배려하고 맞추는 성격이다. 그리고 항상 먼저 인사했다는 것도 예의와 태도를 알고 있다. 하지만 정작 자신의 감정은 잘 드러내지 않았다. 항상 밝은 표정으로 사람들을 대하면서 자신의 힘든 부분은 철저하게 숨긴 셈이다. 내 경험상 감정을 표출하지 않고 계속 쌓아두면 언젠가는 한꺼번에 터지는 날이 반드시 온다.

밖으로 분출하지 못한 감정은 결국 어떤 방식으로 표출이 되고 만다. 그것이 정말 심하면 이 세상을 버리는 극단적인 선택까지 할 수 있다. 그가 죽기 얼마 전에 처음으로 자신을 사랑하는 팬들에게 힘들다고 간접적으로 표현했다고 전해진다. 무슨 힘든 일이 있었는지 모르지만 계속 쌓인 감정이 결국 참지 못한 것이다. 인기 연예인으로 살면서 매일 어떤 무거운 압박감이 느껴졌을지도 모른다. 이 인기가 언제까지 유지될지, 자신의 실력을 계속 보여주기 위한 스트레스 등이 20대 중반의 청년이 감당하기에는 너무 큰 것은 아니었을지.

2030 시절의 나도 그랬다. 늘 상대방을 배려하고 피해를 주지 않으려고 노력했다. 다른 사람들의 눈치를 봤고 하고 싶은 말이 있어도 참았다. 정말 힘들지 않으면 힘들다는 이야기도 잘하지 않았다. 싫은 소리를 들어도 꾹 참았다. 내 안의 감정은 밖으로 나가지 못하고 계속 쌓여만 갔다. 결국 술을 마시고 취할 때마다 그동안 억눌렀던 감정이 밖으로 표출되기 시작했다. 같이 있던 사람들에게 피해를 주었다. 인간관계에도 문제가 생겼다. 예전보다 많이 바뀌었다

고 생각했지만, 요새도 가끔 그럴 때가 있다.

감정을 잘 표출하지 못하자 인생의 나락으로 깊이 떨어졌다. 아무래도 감정을 밖으로 보낼 수 있는 어떤 수단이 필요했다. 그것이 마흔 전후에 만난 글쓰기였다. 감정이 힘들 때마다 노트북을 켜고 있는 내 마음에 낙서하듯이 솔직하게 써나갔다. 격정적으로 때로는 잔잔하기도 한 글이 나왔다. 그렇게 한 편의 글을 쓰고 나면 속이 후련해졌다. 나만의 감정을 표출할 수 있는 도구가 생기게 된 것이다.

20대 중반의 착하고 유명한 젊은 아티스트도 자신의 감정을 너무 쌓아만 두지 말고 잘 분출했다면 그렇게 많이 힘들어하지 않았을까? 사람마다 정도의 차이는 있겠지만 너무 안타깝다. 나는 앞으로도 내 속에서 감정의 소용돌이가 생길 때마다 글을 쓸 것이다. 감정을 잘 표출해야 잘 살아갈 수 있다. 이 글을 읽는 당신도 자신만의 감정을 표출할 수 있는 도구를 하나씩은 가져봤으면 하는 바람이다. 다시 한번 삼가 고인의 명복을 빌면서 젊은 친구들이 자신의 감정 때문에 너무 힘들어하지 않았으면 좋겠다.

"자신의 감정을 가슴에 너무 담아두지 말자. 자신만의 감정을 표출할 수 있는 탈출구를 만드는 것도 근사한 인생을 살 수 있는 또 하나의 방법이다."

세상에는 참 아름다운 게 많다

몇 달 전 〈스트리트 우먼 파이터〉라는 예능 프로그램이 전국을 강타했다. 전문 여성 댄서들이 모여 경연을 통해 승부를 겨루는 형식이다. 각 리더가 팀을 이끌고 단체로 경연하거나 개인적으로 즉흥춤을 추는 모습들이 참 멋졌다. 그전까지 이런 형식의 프로그램이 없다 보니 선풍적인 인기를 끌었다.

2015년 여름은 메르스가 한창 유행할 때다. 근무하던 전 직장에서 퇴근할 무렵부터 두통이 심했다. 두통약을 먹고 일찍 집에 도착하여 잠자리에 들었다. 자면 좀 괜찮아질지 알았지만, 오히려 더 상황이 나빠졌다. 이젠 열이 38도까지 올라간 상태다.

　그 당시 메르스에 걸리면 이런 증상과 비슷했다. 아무래도 무서워 아침이 되자마자 큰 대학병원에 가서 검사를 받았다. 몇 가지 검사를 진행했다. 결과가 곧 나올지 알았는데, 시간이 꽤 오래 걸린다. 뭔가 잘못되고 있다는 느낌이 들기 시작했다. 두통은 여전히 가라앉지 않았다. 몸은 힘이 하나도 없다보니 서 있는 조차 힘들었다.

　의사가 부르는 소리가 들린다. 결과는 "바이러스성 뇌수막염"이라고 했다. 그 당시 헬스장을 열심히 다니면서 운동도 하고 식단 조절을 하면서 10kg을 가까이 감량했다. 하지만 몸의 면역력이 떨어지면서 염증이 뇌로 올라가서 두통과 발열이 시작되었다는 의사의 말에 깜짝 놀랐다. 10일 입원을 해야 회복이 가능하다는 마지막 멘트를 듣고 나서 입원실로 옮겨졌다.

회사일이 걱정되기 시작했다. 해야 할 일이 많은데, 입원이라니. 회사 상사에게 연락했더니 어쩔 수 없다는 한 마디만 하고 끊었다. 이렇게 된 이상 잠시 쉬는 타이밍이라 생각했다. 계속되는 통증에 침대에서 계속 누워 잠만 잤다.

병원에서 주는 식사 시간에만 잠시 깨서 먹고 다시 자는 일상의 연속이었다. 자다가 잠시 눈을 떴는데, 창밖으로 해가 떠오르는 모습이 보였다. 매일 아침 해가 뜨고 밤이 되면 해가 지는 모습이 익숙한데, 그날따라 일출의 모습이 상당히 경이롭게 보였다. 햇빛이 저렇게 아름다웠나 하는 생각이 절로 들 정도였다. 한참을 멍하게 쳐다보았다.

아마도 계속 먹고 사느라 바쁘게 지내다 보니 주변을 많이 돌아보지 못했다. 또 너무 당연해서 미처 보지 못하고 놓친 것들이 많았을지 모른다. 열흘 동안 입원하게 된 것이 어쩌면 나에게 좋은 선물이 되었다. 이 세상에는 아름다운 것이 많다는 사실을 알게 된 것이다.

병원에 열흘 동안 있으면서 일부러 아름다움을 찾아다녔다. 병원 옥상에서 바라보는 밤하늘도 멋지게 보였다. 멀리 보이는 가로등의 불빛도 감성적으로 바라보게 되었다.

지나가는 젊은 연인들의 미소를 보면서 같이 입 꼬리가 올라가기도 했다. 그 뒤로 아무리 바빠도 가끔 시간을 내어 이 세상의 아름다운 것을 찾아보면서 나름대로 스트레스를 풀고 있다.

2022년 어느 가을날 둘째 아이와 국립중앙박물관에 다녀왔다. 이촌역에 내려서 올라갔더니 정말 파란 하늘 아래 밝게 빛나는 햇살이 나를 반겨주는 듯했다. 박물관 입구에 있는 연못과 정자의 모습이 참으로 아름다웠다. 나도 모르게 멍하니 보면서 잠시 세상 번뇌에서 잠시 멀어지는 느낌이 들었다. 마음이 맑아지고 긍정적인 기운이 내 몸을 감쌌다.

많은 사람들이 바쁘게 살다 보니 주변에 많은 아름다움을 놓치고 산다. 10분 정도 시간 내어 잠시 돌아보면 이 세상에는 정말 자신이

경탄할 만한 아름답고 멋진 것들이 많다는 사실을 알게 되면 좋겠
다.

"이 세상에는 멋지고 아름다운 것들을 내 눈에 많이 담아보자. 그
것들이 당신의 인생을 좀 더 풍요롭게 해줄 테니."

괜찮아! 힘들 땐 충분히 슬퍼해도 돼!

오랜만에 예전부터 알고 지낸 선배에게 전화가 왔다. 오랜만에 반가운 목소리로 그에게 인사했다.

"상열아, 오랜만이다."

"네. 형님 정말 오랜만이에요. 잘 지내시죠?"

"그럭저럭 지내. 지금 해외에 있어."

"외국이요? 어디 계신 거예요?"

"베트남에 있어. 일 때문에 나온 지 2년 넘었다. 코로나 때문에 한국에서 사업 접고 지인 따라 나갔어."

"그러고 보니 형님과 마지막으로 본 게 벌써 2년이 넘었네요. 안 그래도 사업 정리하신다는 이야기는 지난번 들었던 거 같아요."

"사실 너무 힘들었어. 지금도 뭐 상황이 좋은 것은 아니지만…."

선배는 갑자기 말끝을 흐린다. 몇 분 동안 내 귀로 아무 소리도 들리지 않았다. 갑자기 흐느끼는 선배의 목소리가 핸드폰 너머로 들려온다. 순간 당황했다.

"형님, 괜찮으세요?"

"미안하다. 사실 너무 힘드네. 그래도 한국에 있을 때 네가 많이 챙겨줘서 잘 견딜 수 있었다. 고맙다. 오늘 어머니가 돌아가셨어."

"아이고! 그런 큰일이 있으셨네요. 지금 장례식장은 어디인가요? 가볼게요."

"아니, 여기 현지에 같이 모셔 왔는데, 사고를 당하셨어. 안 좋은 일은 한꺼번에 온다더니 지금 사업도 현지인에게 사기를 맞은 것 같네. 그냥 좀 답답해서 전화했다."

"······."

아무 말도 할 수 없었다. 뭐라고 어설픈 위로의 말을 건네는 것도 예의가 아닌 것 같았다.

"목소리 들었으니 끊자. 나중에 한국 들어가면 보자."
"네. 형님도 건강 잘 챙기세요. 모든 일이 잘 수습되길 같이 빌겠습니다."

그게 내가 할 수 있는 최선의 말이었다. 선배는 울먹이는 목소리로 다시 보자고 인사하고 전화를 끊었다. 마음이 편치 않았다. 혼자 감당하느라 얼마나 힘들었을지 고스란히 느껴졌다. 사실 선배에게 정말 힘들 때는 충분히 슬퍼해도 좋다고 말하고 싶었다. 마음이 좋지 않아서 문자로 대신 그 말을 전달했다.

많은 사람이 힘든 이별을 겪거나 나쁜 일이 생겨 감당하기 힘든 슬픔 앞에서도 다른 사람에게 드러내지 않는다. 말하면 무슨 큰일이 난 것처럼 호들갑 떤다고 할까 봐 아예 말을 하지 않고 혼자 삭히는 경우가 많다. 그러다 보니 자신의 감정이 계속 안에다 쌓이다가 결국 폭발하기도 한다.

자신의 감정을 솔직하게 드러내자. 즐거운 일이 생기면 기쁘다고 하자. 슬픈 일이 생기면 충분히 울고 슬퍼하자. 한 번쯤은 그래도 된다. 인생에 어떤 일이 벌어지거나 상황이 생겨도 결국 나를 지키는 것은 나 자신이기 때문이다. 그렇게 한번 나의 솔직한 감정을 털어내면 성장하는 자신을 발견할 수 있다. 지금 힘든 당신, 힘들 땐 울어도 괜찮다. 그리고 베트남에 있는 선배도 충분히 슬퍼했으면 좋겠다.

"힘든 순간이 오거나 이 세상에 혼자만 남겨졌다고 느끼면 한 번쯤 울어도 된다. 슬픔도 너무 담아두지 말자. 괜찮아. 힘들 땐 울어도 돼!"

당신은 무엇으로 살아가고 있나요?

몇 년 전 모임에서 만난 몇 명의 사람과 친해졌다. 글을 본격적으로 쓰면서 책을 몇 권 출간하고 나서 한 사람의 소개로 들어가게 된 모임이다. 그 모임에는 아무나 들어오지 못하고 자격이 되어야 입회가 가능하다고 들었다. 그 자격 요건은 다음과 같았다.

"10억 이상 자산 보유, 자신의 책 한 권 이상 출판, 자신의 기업 소유, 기업 임원급 이상 등 한 가지 이상 가진 사람만 가입이 가능한

곳입니다."

나는 그만한 자산가도 기업 임원도 아니었다. 더군다나 내 사업을 하고 있지도 않았다. 누구나 알 만한 베스트셀러가 아닌 몇 권의 책을 단지 출간했다는 이유만으로 그 모임에 참여하게 되었다.

처음 모임에 참여했을 때는 주눅이 들었다. 참석자 면면을 보니 대기업 임원, 누가 봐도 멋진 자산가 등이 모인 자리였다. 그래도 자격이 되어 이 모임에 참가했으니 당당하고 자신감 있게 그 사람들에게 소개했다.

"회사 다니면서 몇 권의 책을 출간한 황상열입니다. 이렇게 만날 수 있어 영광입니다."
"와! 멋지네요. 저는 작은 기업을 운영하는 ○○○입니다."
"저는 몇 채의 아파트를 보유하면서 투자자로 활동하는 ○○○입니다. 작가를 처음 뵙게 되어 반갑습니다."

예의 있게 같이 인사해주는 그들이 참 멋져 보였다. 다른 한 사람에게 똑같이 내 소개를 했다. 인사를 하고 악수를 청했다. 그러나 그는 나를 쳐다보지도 않고 인사도 받는 둥 마는 둥했다.

"이 모임은 어중이떠중이 다 들어오나 봐요? 수질 떨어지게. 여기 모임 운영자 분들 회원관리 요새 안 하시나요?"

그 말을 들은 나는 다시 주눅이 들었다. 귀가 새빨개지고 얼굴을 화끈거렸다. 나를 소개 해주고 데리고 온 주선자가 그에게 소리쳤다.

"무슨 말을 그렇게 심하게 하세요? 제가 추천해서 오게 된 사람입니다. 책을 쓴 작가 자격으로 온 사람에게 무슨 막말입니까?"
"아 그러세요? 무슨 책인지 들어나 봅시다. 요샌 개나 소나 다 책 쓴다고 하는데."
"이 XX야? 말이면 다 되는 줄 알아?"

더 이상 있을 이유가 없어 주선자를 말리고 같이 나왔다. 모임을 초대한 주선자는 나에게 연신 미안하다고 했다. 왜 형님이 사과하냐고, 나는 괜찮다고 말하면서 그를 위로했다.

세상 사람들은 각자 다양한 가치를 가지고 살아간다. 돈이 최고라고 여기면서 거기에 얽매어 살아가는 사람, 명예와 권력이 탐이 나서 어떻게든 그 위치까지 가기 위해 노력하는 사람 등등 참으로 많다. 그 가치를 가지고 살아가는 것이 나쁜 것이 아니다. 사람의 성향과 각자 가지고 있는 욕망이 다르다 보니 그럴 수 있다. 그러나 그 가치를 호도하면서 타인을 깔아뭉개고 피해를 주는 사람은 아니라고 본다.

오늘따라 그 모임에서 나에게 면박을 주던 사람이 떠올랐다. 혹시나 해서 유튜브를 찾아보니 여전히 잘나가는 사람이다. 화면에서 보는 그는 당당하고 자신감 있는 모습이 멋져 보였지만, 실제로는 달랐다. 지금 자기 자신이 보잘것없고, 초라해 보이더라도 타인을 배려하고 사랑할 줄 아는 마음이 이 세상을 살아가는 가장 큰 가치가 아닐까?

아마 나도 다른 누군가에게 그렇게 보일지 모르겠다. 나부터 반성해야겠다. 돈, 명예, 권력, 성공만 좇고 있는 건 아닌지. 사랑이란 가치를 잊어버린 것은 아닌지 오늘 한번 생각해보자. 당신은 어떤 가치를 가지고 이 세상을 살아가고 있는가?

"돈도 좋지만 그것보다 더 나은 가치를 찾아보자. 사랑이 이 세상에서 가장 소중하고 존귀한 가치일지 모른다."

누가 알아주지 않아도 괜찮아

* M본부 연예대상 수상

연말이 되면 방송국에서 각종 시상식이 한창이다. 우연히 M본부 연예대상 프로그램을 보게 되었다. 시간이 12시가 가까웠다. 2022년 마지막 대상 수상자 발표만 남았다. 시상자가 뜸을 들이다가 올해 대상 수상자를 발표했다.

"올해 수상자는 〈나 혼자 산다〉, 〈전지적 참견 시점〉의 전현무 씨입니다."

시상식 진행을 하던 그가 앞으로 나왔다. 많은 사람이 예상했지만 그래도 대상 수상이 감격스러운 듯 눈물을 보인다. 그의 수상 소감을 듣는 동안 같이 뭉클했다.

"어린 시절 외아들로 크고 공부밖에 할 줄 몰랐습니다. 그나마 즐길 거리는 여기 앉아계신 개그맨 선배님들의 예능 프로그램이었습니다. 그것을 보면서 웃으면서 저도 사람들에게 즐거움을 주고 싶어 아나운서가 되었습니다. 프리 선언 후 많은 예능 프로그램에 출연했지만, 욕을 많이 먹고 악플이 달렸습니다. 그것을 보고, 제 능력이 모자라고 '이 길이 아닌가…' 고민이 많았습니다. 하지만 누가 뭐래도 사람들에게 즐거움을 주기 위해 노력했습니다. 비호감이라는 말을 많이 들었지만, 그래도 뭔가 해낸 것 같아 기쁩니다."

전현무 아나운서의 팬으로 그가 걸어온 길을 찾아보았다. 당연히 탁월한 진행 능력과 개그감은 최고다. 하지만 이상하게 일부 사람들에게 비호감으로 낙인찍혔다. 물론 그의 잘못도 일부 있지만 그냥 전현무라는 사람이 싫어서 대놓고 욕하고 비아냥거린다. 그러나 그는 아랑곳하지 않고 누가 알아주지 않더라도 묵묵히 자신만의 예능 프로그램을 이어 나갔다. 그 결과 올해 잠재력이 터지면서 그의 해로 만들었다.

* 네가 쓴 책이냐

글을 쓴다고 하니까 주변 반응은 두 가지로 갈렸다. 한번 잘해보라는 응원과 그냥 하던 일이나 잘하라는 조언으로 나누었다. 조언보다 비아냥과 비판에 가까웠다. 책을 낼 때마다 쓰레기 같은 글로 사람들을 현혹하지 말라고 하는 사람도 얼마 전까지 있었다. 차단해도 다른 SNS 메시지로 끊임없이 악의적인 메시지를 보냈다.

2019년까지 7권의 개인 저서를 내면서도 두려웠다. 사실 지금도 부족한 글이지만 계속 글을 쓰고 싶었다. 쓰면서도 타인의 비판에 신경이 쓰였다. 온전하게 무시하지 못하고 눈치를 보게 되었다. 슬럼프에 빠졌다. 글쓰기를 포기할까 생각했다. 주변에 조언을 구하기도 했다. 그러나 멈출 수 없었다. 누가 뭐라 해도 나만의 글쓰기를 해야겠다고 마음먹었다.

* 나의 스승들

글쓰기 사부님 이은대 작가와 유튜브 등 도구 사부님 최서연 작가를 보면서 늘 배운다. 두 사람은 누가 뭐라 하거나 알아주지 않더라도 자신만의 방식대로 묵묵히 글을 쓰고 사업을 하고 있다. 그렇게 몇 년 동안 꾸준하게 하다 보니 이제는 많은 사람의 롤 모델이 되었다. 나도 이제는 타인의 시선에 별로 신경 쓰지 않는다. 고민이 있다면 '앞으로 어떻게 좀 더 많은 사람에게 도움을 줄 수 있을까?'하는 것과 지속적인 수익화이다.

이제 글을 쓴 지도 8년이 되었다. 그 시간 동안 많은 비판과 혹평이 있었지만 누가 알아주지 않더라도 묵묵히 내 글을 썼다. 참 외로운 시간이었지만, 그 기간마저 없었다면 과연 이런 성과를 얻었을지 의문이다. 앞으로도 계속 나만의 글을 쓸 것이다.

누가 알아주지 않더라도 나 자신이 제일 잘 알고 있으니까 끝까지 가볼 생각이다. 고독한 시간이 길어질수록 내 필생의 역작은 반드시 나올 것이라고 믿는다. 지금 힘든 당신, 누가 알아주지 않거나 인정받지 못한다고 해서 포기하지 말자. 그대 자신으로 살아 그대 이름을 깨우면 그만이니까.

"세상에 누가 알아주지 않아도 된다. 최선을 다한 내가 그 사실을 제일 잘 알고 있으니까."

당신의 오늘은 여전히 눈부시다

* 아르바이트생의 눈물

며칠 전 퇴근 후 이동 중 배가 고파서 샌드위치 가게에 들렀다. 문을 열자마자 고성이 들린다.

"아니! 이것밖에 못 만들어? 그럴 거면 그만둬!"
"죄송합니다."

키오스크에서 주문을 하고 기다리고 있었다.

"손님, 기다리잖아! 빨리 안 만들어?"
"죄송합니다."

보다 못해 사장에게 한마디 했다.

"저는 괜찮습니다. 일하는 분에게 너무 뭐라 하지 마세요."
"아고 손님 죄송합니다. 빨리 나가야 하는데… 아직 멀었냐?"
"그만하세요. 듣는 제가 더 민망하네요."

샌드위치가 나왔다. 식판에 담아서 돌아가는데 또 사장이 호통을 친다. 결국 아르바이트생은 울음을 터뜨렸다. 더 말하고 싶었지만 내가 더 관여하는 것은 예의가 아닌 것 같아서 조용히 식탁에 앉아 먹었다. 아무래도 시간이 얼마 지나지 않은 것 같은데, 사장이 너무 다그치니 안쓰러워 보였다.

* 오늘도 너는 나의 밥

10년 전 ○○시 재개발사업 인허가 프로젝트를 맡은 적이 있다. 한번 결정된 구역이라 변경하는 인허가를 진행하는 일이다. 재개발 조합장과 ○○시 허가 담당 공무원의 비위를 맞추느라 참 힘들었다. 웬만하면 잘 참고 넘어가려고 하는데, 그 두 사람의 갑질은 상상을 초월했다. 전부 밝힐 수 없지만 자신의 권위를 이용해 약자를 괴롭히는 데 천부적인 재질을 타고 났다.

술자리에서 대놓고 나에게 너는 우리 밥이니 알아서 잘 처신하라고 소리 질렀다. 한 번이라도 눈 밖에 나는 일을 하면 가차 없이 폭언을 날렸다. 폭력만 안 썼을 뿐이지 정신적인 충격이 심했다. 그들의 말도 안 되는 요구로 일주일 내내 야근과 밤샘 근무를 해야 했다. 이러다가 일만 하다 죽을 것 같았다.

첫 문단에 소개한 사장은 대체 무엇을 위해 아르바이트생에게 욕을 하고 짜증을 낼까? 조합장과 공무원은 왜 나를 밥으로 생각하고 지랄했을까? 현재 갑질 당하는 아르바이트생이나 그 당시 욕을 먹은 나도 사람이다. 이 근사한 세상에서 태어나 마음껏 누릴 수 있는 자격이 있다. 고작 자신이 지금 현재 잘나가거나 명령을 할 수 있는 위치에 있다고 사람을 한없이 괴롭히는 것인지.

아침에 떠오르고 정오가 되면 나를 비추는 태양, 내 코로 들어오는 상쾌한 공기, 목마를 때 마실 수 있는 물 등 이 세상의 모든 것을 누구나 누릴 수 있다. 이런 시대에 조금 더 잘났다고 남을 무시하고 차별하는 그 저의가 무엇일까? 마지막으로 드라마 〈눈이 부시게〉 주인공의 독백으로 이 글에서 하고 싶은 말을 대신한다.

"내 삶은 때론 불행했고 또 행복했다. 삶이 한낱 꿈에 불과하다지만 그럼에도 살아서 좋았다. 어느 하루 눈부시지 않은 날이 없었다.

지금 삶이 힘든 당신 이 세상에 태어난 이상 당신이 모든 걸 매일 누릴 자격이 있다. 대단하지 않고 별거 아닌 하루가 온다 해도 인생은 살 가치가 있다. 후회만 가득한 과거와 불안하기만 한 미래 때문에 지금을 망치지 말라. 오늘을 살아가라. 눈이 부시게. 당신은 그럴 자격이 있다." – 드라마, 〈눈이 부시게〉

앞으로는 내가 나의 편이 되어줄게

"재수하라고! 한 번 더 하면 좋은 대학에 갈 수 있어!"

"안 해요. 저는 1년 동안 더 공부하기 싫어요."

"왜 말을 안 듣냐! 1년 더 대학에 늦게 간다고 네 인생 안 망가진
다."

"아버지. 저는 하기 싫어요. 그냥 점수에 맞추어 갈게요."

1996년 12월 대학수학능력시험 결과가 나왔다. 고등학교 3학년 1

당신만 지치지 않으면 됩니다

년 동안 후회 없이 최선을 다했지만, 결과는 좋지 않았다. 결과를 본 아버지는 나에게 재수를 권했다. 그러나 똑같은 공부를 1년 더 하기 싫었다.

어린 마음에 아버지에게 계속 대들었다. 한마디도 지지 않고 말대꾸했다. 자식이 더 잘되었으면 하는 바람에서 아버지도 말씀하신 건데 그 시절에는 이해하지 못했다. 표현 방식의 문제였다. 아버지도 자꾸 화를 내면서 다그쳤다.

시험 성적이 좋지 않아 나도 속상했다. 내 마음도 좀 알아주길 바랐지만, 오로지 명문대에 가야 한다고 외치는 아버지가 야속했다. 아마 그 시절부터 내 안의 분노가 쌓여서 갑자기 욱하는 성격이 생기지 않았나 싶다. 내 마음속은 이미 상처가 가득했다.

성인이 되고 나서도 내 안의 화를 잘 다스리지 못했다. 나에 대한 부당한 이야기를 듣거나 관계없는 일을 시키면 나도 모르게 욱하는 버릇이 튀어나왔다. 순간의 감정을 주체하지 못해 생각 없이 말을 함부로 내뱉었다. 그렇다 보니 듣는 상대방은 황당하거나 혹은 당황할 때가 많았다. 지금도 그 버릇이 가끔 나오다 보니 구설수에 오르거나 관계를 망치기도 한다.

며칠 전 도서관에 들러 감정에 대한 책을 몇 권 빌려서 읽게 되었다. 어떤 한 책에서 성인이 되어 화를 잘 못 참는 사람은 한번 자신의 어린 시절을 돌아보라고 나와 있었다. 이제 막 20세가 되기 직전의 내가 떠올랐다.

매일 아버지에게 재수하라는 이야기를 듣고 집에 들어가는 것이 두려웠다. 또 아버지와 마주하면 서로 안 좋은 말을 주고받는 것이 싫었다. 아버지 얼굴만 봐도 분노가 치밀어 오르고 또 내 안에 커다란 상처가 생길 게 뻔해서 친한 친구 집에서 밤늦게까지 있었던 것 같다. 그 시절의 아버지 나이가 나와 비슷한 40대 중반이었다.

놀이터에 한 학생이 서 있다. 그네에 앉아서 하늘을 보고 있다. 그의 눈은 이미 벌겋게 충혈되어 있다. 아마 또 눈물을 흘렸던 것 같다. 한숨을 쉬고 있는 그 앞에 한 남자가 서 있다.

"많이 힘들었구나."

"누구시죠?"

"이제 내가 너의 편이 되어줄게. 너무 힘들어하지 마. 다 잘될 거야."

40대 중반의 내가 19세의 나를 끌어안았다. 19세의 나는 그 품 안에서 한참을 울었다. 그리고 40대 중반의 나를 보고 방긋 웃어본다.

상처받고 힘든 순간에도 나 자신을 지킬 수 있는 사람은 오직 나뿐이다. 지금 혹시 내 안의 화가 많은 사람이라면 과거의 나를 만나서 보듬어주자. 지금 인생이 힘든 사람이라면 잠시 멈추고 나 자신을 토닥여주자. 이제는 더 이상 내가 외롭지 않도록 나 자신이 계속 말을 걸고 내 편이 되어 주자. 나의 따뜻한 시선만이 나를 구원할 수 있으니까.

"이 세상에서 나를 제일 잘 보듬어주고 살펴주는 친구는 나 자신
이다."

과거를 기억해야 하는 단 한 가지 이유

인생의 나락으로 떨어졌던 30대 중반. 이전과는 다른 삶을 살고 싶어서 생존 독서에 몰입했다. 많은 책을 읽고 적용했다. 그 책 중에 도움이 가장 많이 되었던 책이 한 권 있다. 오구라 히로시의『서른과 마흔 사이』였다. 딱 35살 나이다 보니 그 책의 제목이 눈에 확 띄었다. 책을 펼쳤더니 가장 앞에 나오는 첫 꼭지 제목이 보였다.

"과거에 먹이를 주지 마라." – 『서른과 마흔 사이』, 오구라 히로시 과거에 먹이를 주게 되면 자꾸 과거에 매몰된다고 저자는 이야기한다. 과거에 매몰되면 앞으로 나아갈 수 없다. 지나간 시간에 일어난 일은 빨리 잊는 게 좋다고 강조한다. 해고당하고 나서 한동안 괴로웠다. 1년뿐인 영광이었지만 사장님 다음으로 총괄하는 자리까지 올라갔다.

물론 월급이 밀려서 다른 사람들이 그만두게 되어 어부지리로 얻게 된 자리이지만 내심 기뻤다. 직급은 과장이지만 권한이나 책임은 임원 위치에 있을 정도였다. 좋게 말하면 사장님이 안 계시면 내 마음대로 할 수 있다. 반대로 이야기하면 업무에 중대한 일이 발생하면 책임을 져야 한다.

1년 동안 나름대로 그 자리를 잃지 않기 위해 정말 열심히 노력했다. 진행하는 프로젝트와 새로운 일을 수주하기 위해 이리저리 뛰어다녔다. 하지만 너무 자만하고 지나쳤는지 오래가지 못했다. 오히려 회사에 해를 끼치고 나오게 되었다. 왜 잘리게 되었는지 망각했다.

과거의 영광에만 집착했다. 사람들을 만나면 예전 잘 나갔던 시절의 이야기만 꺼냈다. 정신 차리라고 하는 친구와 지인들의 말에 화를 냈다. 현실은 시궁창인데 왜 자꾸 지나간 과거에 매달리고 있냐는 말을 인정하지 않았다.

어느 정도 시간이 지나면서 정신을 차리기 시작했다. '과거에 먹이를 주지 말자.'라고 다짐하면서 예전의 영광은 잊기로 했다. 하지만 그렇다고 과거를 아예 지워버리는 것은 어리석다고 생각했다.

과거를 그래도 기억해야 하는 단 하나의 이유가 있다면 그 실패를 거울삼아 앞으로 자신의 미래를 희망으로 바꾸어야 하기 때문이다. 너무 자만하고 지나쳤던 과거의 나를 다시 마주했다. 단지 회사의 직함만 있을 뿐이었는데, 모든 일이 나를 통해서 거쳐 가야 잘되는 줄 알았다. 내가 실력이 있는 줄 알고 착각했다.

과거의 실패를 거울삼아 내 실력을 키우기로 했다. 다시 맞이할 내 미래에는 회사 직함이나 다른 브랜드의 힘을 빌리지 않는 오로지 내 실력으로 인정받고 싶었다. 그 뒤로 내가 할 수 있는 최선의 노력으로 책을 읽고 글을 썼다. 원래 본업 공부도 다시 제로베이스에서 열심히 공부했다. 그렇게 하다 보니 예전보단 좀 더 나은 인생을 살 수 있게 되었다. 물론 많이 바뀌지 않았지만.

과거에 먹이를 주지 말라고 했지만, 그래도 어느 정도는 과거의 내 모습을 바라보자. 그 잘나가던 모습에 갇히지 말자. 왜 실패했는지 거기에서 무엇을 배워 다시 나아갈 수 있는지만 판단하자. 그것을 희망으로 바꾸어 자신의 근사한 인생을 만나면 그만이니까.

"인생은 과거에 내가 살았던 모든 선택과 일상의 합이다. 지나간 과거가 잘못되었더라도 거기에서 배워 다시 앞으로 나아갈 수 있다면 다행이다."

『서른과 마흔사이』, 오구라 히로시, 2010

읽어보시면

서른과 마흔 살 사이에 해야 할 일에 대해 도움을 받고,

"삶의 변화를 받아들이며,
시간의 가치를 소중히 여기자." 라는
교훈을 얻을 수 있습니다.

4장

당신은
행복해질
거예요

"우리의 행복했던 곳으로 가주세요."

모든 사건을 마무리하고 교도소 문밖으로 나온 주인공 김도기는 '어디로 갈까?'라는 질문을 하는 천재 해커 안고은 에게 이렇게 이야기한다. 과연 그들의 행복했던 곳은 어디였을까? 달리는 모범택시를 비추며 드라마는 끝이 난다. 현실의 사건을 모티프로 하여 나쁜 짓을 일삼은 악당을 시원한 액션으로 처단하는 것이 돋보인 드라마

〈모범택시 2〉가 막을 내렸다.

시즌 1을 재미있게 봤던 시청자로 이번 시즌2도 본 방송은 아니지만 유튜브에 올라온 영상만으로도 충분히 즐긴 드라마다. 오늘은 주인공 김도기의 마지막 대사가 계속 머릿속을 맴돌았다. 과연 내가 행복했던 곳은 어디였을까?

아마 그 시절 나이마다 행복했던 장소가 다르지 않았을까 싶다. 10대 초반 시절은 집이었다. 특히 독서와 비디오 게임을 원 없이 할 수 있었던 내 방이 행복했던 곳이다. 학교 숙제나 학습지 공부 등 할 일을 하고 나면 온종일 책과 게임을 하면서 시간을 보냈다. 책과 게임에 나오는 캐릭터, 세계관 등을 상상하며 같이 스토리를 이끌어가는 재미가 쏠쏠했다.

사춘기를 지나서도 마찬가지였다. 비디오 게임은 그 당시 나에게 스트레스 탈출구였다. 물론 분노 조절을 하지 못하는 단점도 있다. 하지만 내 방에서 오로지 게임에 조용히 집중하면서 플레이할 때가 가장 행복했다.

대학에 들어갔던 20대 시절은 당연히 음주가무를 하는 모든 장소였다. 혼자 있는 것이 싫어서 매일 밤 술 약속을 잡았다. 술집은 기본이고 친구나 선배의 자취방, 기숙사 등 음주가무를 할 수 있는 곳이라면 어디든 가리지 않았다. 거기에서 만나는 사람들과의 즐거운 시간 자체가 나에겐 행복했던 공간이다.

30대 시절도 마찬가지다. 사회생활을 힘들게 하면서 스트레스를 많이 받았다. 그것을 풀기 위해 여전히 사람들과 매일 술잔을 기울였다. 3~5명 정도 만나 같이 회포를 푸는 술집이 그 시절에 가장 행복했던 곳이다.

마흔이 넘어서 행복했던 곳을 꼽으라면 내 책상이다. 조금씩 책을 읽고 글을 쓰거나 강의, 예능 영상을 보는 이 공간이 나에게는 현재 선물이라 생각한다. 또 노트북 한 대만 있으면 어디든 앉아서 글을 쓸 수 있는 장소가 지금 나에게는 특별하다.

앞으로 또 어떤 행복했던 곳을 만날지 모르겠다. 너무 먼 미래까지 생각하지 말고, 지금 있는 여기에서 행복한 장소를 찾는 것이 중요하다. 이 글을 읽는 당신도 혹시 행복했던 곳이 있는가? 있다면 거기에서 온전하게 행복을 누리는 것도 인생에서 큰 선물이다. 없다면 오늘부터라도 자신만의 행복한 곳을 한번 찾아보자. 행복은 너무 멀리 있지 않다. 가까이서 찾아보면 충분히 행복한 공간은 어디든 발견할 수 있다.

"지금 당신이 머무르고 있는 시간과 공간 자체가 행복이다."

고난과 결핍을 통해 배우다

"야! 오늘 우리 반이 이번 중간고사에서 꼴등 했어! 다 자리 위에 무릎 꿇어."

이 말을 하는 한 사람이 주먹을 쥐더니 교탁을 친다. 일순간 반 전체가 조용해졌다. 나는 내 짝을 한번 쳐다보면서 그 사람의 눈치를 본다. 그는 계속 말을 이어 나간다. 그는 그 시절 우리 반 담임 선생님이었다.

"너희들 공부 너무 안 하는 거 아니야? 노는 것도 좋지만 공부도 좀 해야지. 전체 학급 꼴찌가 뭐냐? 쪽팔리지도 않냐?"

회초리를 든 선생님은 돌아다니면서 책상 위에 앉아 있는 학생들의 무릎을 때리기 시작했다. 나를 포함한 어떤 학생들은 왜 맞아야 하는지 이유를 몰랐다. 내 나름대로 목표한 성적을 거두었는데, 전체 학급 중 가장 낮은 성적을 받았다는 이유만으로 벌을 받는 것이 억울했다. 그 후 우리 반은 시험 결과에서 다시는 꼴찌 하는 일은 없었다.

시대가 변하면서 교육방식도 많이 바뀌고 있다. 내가 어렸을 때는 어떤 문제에 대해 생각하는 것보다는 교과서에 나오는 지식을 달달 외워서 정답을 맞히는 방식이었다. 어떤 분야든 암기하는 데 자신이 있었던 나는 공부하는 것이 즐거웠다. 책에 나오는 지식을 토씨 하나 틀리지 않고 외웠다.

시험 날짜가 다가오면 떨리는 것이 아니라 잘 볼 자신이 있었다.

당시 학교 교육은 사회에서 표준화된 지식을 주입 시켜서 가장 많이 아는 사람이 1등이 된다. 1등 뒤로 틀린 개수대로 2등, 3등 순으로 쭉 줄을 세운다. 정답을 맞히지 못한 사람은 쓸모없는 존재로 취급받는다. 영화 〈친구〉에서 김광규 배우의 한 마디는 그 쓸모없는 사람에게 비수를 꽂는다. "니 아버지, 뭐하시노?"

나름 학교에서 공부 잘한다는 소리를 들으면서 자랐다. 모범생이란 단어가 싫지 않았다. 사회가 정해놓은 기준대로 잘 지키면서 사는 것이 성공이라 여겼다. 그 틀에서 벗어나면 스트레스를 받았다. 어떻게든 정답을 지키는 것이 최선의 선택이라 생각했다. 그것이 실제 현실의 학교가 알려준 가르침이었다.

그 방식을 고수하면서 살다가 30대 중반 인생의 풍랑을 만났다. 조금씩 틀에서 벗어나 돌아가긴 했지만 사회가 만든 기준에 맞추어 살았는데, 처음으로 인생의 정답에서 벗어났다. 내가 생각하고 의도한 대로 인생이 바뀌지 않았다. 한 개의 정답만 알고 살아온 나로서는 답답하고 괴로웠다. 어떻게 해야 할지 몰랐다. 고난의 시작이었다.

30대 중반을 지나 마흔으로 가는 길목에서 다시 질문을 던졌다. 정답 밖에 몰랐던 나는 앞으로 어떻게 살아야 할까? 지금 나는 잘 살아가고 있는 것일까? 가족들의 먹고사는 문제를 앞으로 어떻게 풀어야 할까? 등등 질문은 생각의 꼬리를 물었다. '고난' 또는 '결핍'이라는 학교에 입학하게 된 것이다. 이 학교에서 다시 진짜 인생 공부를 조금씩 하게 되었다. 공부 도구는 독서와 글쓰기였다.

'고난'과 '결핍'이란 학교에서 나는 다시 신입생이 되어 책을 읽고 글을 쓰면서 진짜 인생에 대해 알게 되었다. 한 개의 정답만이 아닌 다양한 해답을 찾아 자신만의 인생을 찾아가는 것이 진짜 인생이라는 사실을 깨닫게 되었다. 요새 다시 고난의 시기가 온 듯하다. 하는 일마다 꼬이지만 어떻게 매듭을 풀어야 한다.

살아보니 인생에서 가장 중요한 학교는 '고난'과 '결핍'이다. 사람은 누구나 한번쯤 고난과 결핍을 겪는다. 이 시기를 어떻게 잘 견디고 극복하느냐에 따라 앞으로의 인생이 달라진다. 지금 혹시 고난과 결핍을 겪고 있는 사람이라면 이제는 다시 올라갈 일만 남았다. 저기 보이는 골목길만 돌면 자신의 근사한 인생을 만날 수 있으니까. 정답이 아닌 해답을 찾는 인생을 살자.

"지금 가진 것이 없고 부족하다 해도 그것을 잘 채워나간다면 반드시 행복해질 수 있다."

모든 것은 지나갑니다

우리 나이로 46년의 인생을 보내는 중이다. 내가 고등학교 3학년이 되었을 때 아버지가 딱 지금의 내 나이였는데, 시간은 참 빨리 지나간다. 지금도 여전히 질풍노도의 시기를 겪고 있지만, 그 시절은 더 방황을 많이 했다.

좋은 대학에 가야 한다는 압박감에 쉬는 시간에도 책을 펴고 입시 공부에 매진했다. 아버지의 기대도 부담이 되었다. 암기 과목에 자신이 있었던 나는 생각해서 응용해서 풀어야 하는 대학수학능력시험이 정말 어렵게 느껴졌다. 어떻게든 좋은 점수를 위해 노력했지만 본 수능 시험을 망쳤다.

이 글을 읽는 사람이 보면 재수 없게 들릴지 모르지만 소위 SKY를 목표로 했기 때문에 시험을 망친 내 기분은 최악이었다. 결과를 담담하게 받아들여야 하는데, 그렇지 못했다. 재수하라는 아버지의 말씀을 거역하고 수능 점수에 맞추어서 대학에 진학했다. 내 마음 한 구석에는 억울함이 가득한 채로 학교생활을 시작했다.

대학교 2학년을 마치고 남들보다 늦게 군대에 갔다. 공군으로 입대하여 방공포 특기를 부여받고 군복무를 시작했다. 작은 소대 개념으로 6명이 한 내무반에서 생활했다. 신병 시절 4명의 병장과 바로 위 선임병이었던 1명의 일병이 무지하게 괴롭혔다.

매일 밤 끌려 나가 맞기도 하고, 얼차려를 받았다. 이유는 청소가 제대로 되지 않았다, 주특기 공부를 제대로 하지 않았다는 이유였다. 군대에서 왜 사람이 미쳐 가는지 이해가 되었다. 딱 한 가지 생각만 했다. '시간아! 어서 흘러가라.'

대학을 졸업하고 작은 설계회사에 취직했다. 상사에게 일을 배우는 재미도 있었지만 매일 계속되는 야근과 밤샘 근무에 지쳐갔다. 그래도 배운 게 이것밖에 없어서 힘들어도 참고 일했다. 발주처와 지자체 공무원의 갑질, 무한 반복되는 야근과 밤샘 근무에 내 몸과 마음은 계속 피폐해졌다.

내 심신이 온전치 못하다 보니 가족들에게 고스란히 피해를 주게 되었다. 단지 하루하루를 어떻게든 버텨야 겠다는 생각으로 살았다. 희망적인 미래가 보이지 않았다. 그렇게 쌓이고 쌓인 것들이 결국 터지면서 30대 중반에 인생의 깊은 수렁에 빠져들게 되었다. 살고 싶지 않았지만 가족들을 남기고 그럴 수 없었다. 매일 읽고 조금씩 나의 생각을 정리하고 실천에 옮겼다. 그러다 보니 또 시간은 흐르면서 상황은 점점 나아지기 시작했다.

각 단계마다 참 힘겨운 날이 많았다. 하지만 시간이 지나고 나니 다 지나가고 또 다른 챕터를 만나게 되었다. 시간은 여전히 흐르고 있다. 어제라는 시간은 이미 과거로 지나갔다. 아침에 해가 뜨면 새로운 시간이 시작된다. 여전히 마흔 중반을 지나고 있는 지금도 즐거운 날 보다 괴로운 날이 더 많다. 오늘도 머리 아픈 일이 가득하지만, 인생의 진리 하나는 깨닫고 있는 중이다.

'모든 것은 시간이 흐르면 지나간다.'

또다시 일이 꼬이고 슬럼프가 시작된 요즘 다시 책을 읽고 글을 쓰면서 나의 내면을 채워봐야겠다. 이 또한 지나가리라. 이 글을 읽고 있는 당신도 혹시 힘든 시기를 지나고 있다면 일단 시간의 흐름에 몸을 맡겨보고 하루하루 충실하게 지내보면 어떨까? 그것이 아마도 힘든 인생을 살아가는 데 가장 현명한 방법이 아닐까 싶다.

"시간은 계속 흐른다. 힘든 일도 슬픈 일도 슬럼프도 흐르는 강물처럼 모두 지나갈 것이다."

가끔은 삶의 흐름이 춤추는 대로 살아도 좋다

퇴근길 지하철은 여전히 사람이 많다. 구석에 겨우 자리를 잡아 스마트폰을 켰다. 사람이 없을 때는 책을 읽곤 하는데, 오늘은 그럴 수가 없었다. 사람이 살아가는 이야기를 좋아하다 보니 그런 커뮤니티에 자주 접속한다. 오늘도 여러 사람이 쓴 오늘 일상 이야기나 하소연 등을 읽으면서 웃고 가슴 아파하며 공감했다. 쭉 읽어보다가 한 제목에 눈이 꽂혔다. 〈왜 일하고 돈을 버는지 모르겠어요?〉라는 제목의 글이다. 클릭해서 들어가 읽어보니 내용도 간단하다.

"요즘 왜 돈 벌고, 왜 일하는지 삶에 의미를 모르겠어요. 그냥 사는 느낌이에요. 어떤 생각으로 살아야 할까요?" – 〈왜 일하고 돈을 버는지 모르겠어요?〉 커뮤니티 글

이 질문을 읽고 오면서 곰곰이 생각했다. 나도 아침에 눈을 뜨면 책을 읽고 글을 조금 쓴다. 진행하는 모임이나 과정 일정 체크를 하고 9시까지 회사로 출근한다. 6~7시 사이까지 업무를 보고 집에 오면 밤 8시쯤 된다.

이런 사이클로 현재 만 18년째 직장생활을 하고 있다. 결혼하고 가족들을 먹여 살리기 위한 돈이 필요하다 보니 일을 하고 있다. 돈이 있어야 의식주 해결이 가능하기 때문이다. 어떻게든 가장의 역할로 가족이 살아야 하기 때문에 일을 하고 돈을 버는 것이다.

위의 글을 쓴 지은이가 갑자기 "왜?"라는 질문으로 삶의 의미를 부여하게 되면 머리가 복잡해진다. 이 세상을 살아가는 사람들은 누구나 태어나고 죽는다. 자신이 왜 이렇게 힘들게 일을 해야 하는

지 불평불만을 하는 순간 마지못해 살아가게 된다.

2030 시절의 내가 그랬다. 언제 끝날지 모르는 수많은 양의 일을 처리하기 위해 반복되는 야근과 철야 근무를 했다. 쉬지도 못하고 잠깐 쪽잠을 자고 다시 12~15시간씩 사무실에서 일했다. 산업혁명이 일어났던 당시 공장에서 일하는 노동자의 모습이 딱 나와 같다고 보면 된다. 다른 일을 하고 싶었지만 할 줄 아는 게 그 일밖에 없었기 때문에 힘들어도 참고 견디면서 시간을 보냈다.

그런데 지금 생각해 보면 너무 거창하게 삶의 의미를 찾는 것도 별로 좋지 않다. 물론 다른 관점에서 볼 때 인생에서 목표를 정하고 자기 계발을 통해 성장하는 삶이 가장 좋다. 그런데 문제는 이렇게 하는 사람들이 소수라는 점이다. 대부분 먹고사는 데 바빠서 자신이 원하는 것을 놓치고 살아간다.

이럴 때는 너무 복잡하게 생각하지 말고 삶의 흐름이 춤추는 대로 자신의 몸을 맡기는 것은 어떨까? 지금 자신에게 주어진 순간순간

당신만 지치지 않으면 됩니다

에 충실하게 사는 것이다. 그렇게 살다가 삶의 의미를 발견하면 좋은 것이다. 그렇지 못하다면 그냥 지금처럼 살면 된다. 어차피 삶의 종착점은 죽음이기 때문이다.

자연의 섭리대로 주어진 수명 안에서 그저 마음 편하고 즐겁게 현재를 누리면 그만이다. 원래 인생이란 것이 힘들고 괴로운 일이 더 많다. 가끔은 삶의 흐름이 흘러가는 대로 살아보자. 자기도 모르게 근사한 인생을 발견할지도 모른다.

"흘러가는 대로 인생에 몸을 맡겨도 될 일은 된다."

행복의 조건

몇 달 전 지인들과의 술자리에서 행복에 대한 주제로 이야기한 적
이 있다. 지인 한 명이 여러 사람에게 질문을 던졌다.

"혹시 지금 행복하신가요?"
그 질문이 끝나기가 무섭게 몇몇 지인이 대답한다.

"행복해요. 아주 기분 좋아요."

"지금 행복하다고 하셨는데 그 이유가 뭘까요?"

"좋은 사람들과 좋은 음식을 먹고 좋은 술을 마시면서 즐거운 이야기를 할 수 있는 게 나에게는 행복이에요."

"일리가 있네요. 다른 분들은 어떠세요? 행복하신가요?"

"네네. 이 순간만은 행복하네요."

대부분 사람이 동의하는 눈빛이다. 쭉 둘러보는데 한 사람이 불편한 기색이 역력하다. 술자리가 무르익어 갈 무렵 그 사람에게 다가가 잠시 바람 좀 쐬자고 했다. 아까 행복에 대한 이야기를 할 때 표정이 별로 좋지 않아 보였다고 솔직하게 말했다.

그는 사실 혼자 책을 보고 생각하는 시간이 가장 행복하고, 이런 모임에 나와 많은 사람들과 있으면 빨리 들어가고 싶다고 대답했다. 나는 그에게 오래 있지 않아도 되니 시간 낭비하지 말고, 중간에 들어가라고 조언했다. 고개를 끄덕인 그의 표정은 밝아보였다. 2차를 옮길 시간에 그는 집에 가야 한다고 웃으면서 나갔다.

이렇게 행복에 대한 조건은 사람마다 다양하다. 성향이나 일상이 다 다른데 행복을 느끼는 조건도 다를 것이다. 서울대 심리학과 최인철 교수는 행복의 조건에 대해 이렇게 이야기했다.

"좋은 인간관계, 자율성, 인생의 의미와 목적 부여, 재미있는 일! 이 네 가지가 있으면 행복의 조건이 충족되고 보장할 수 있습니다."

이 글을 읽는 당신은 이 네 가지 조건을 다 가지고 있는가? 아니면 어느 조건은 채워야 하는가? 내 생각은 조금 다르다. 꼭 저 네 가지를 다 가지고 있지 않더라도 행복을 느낄 수 있다. 결국 내 인생의 행복도 나 자신이 만드는 것이기 때문이다.

인간관계가 좋지 않으면 어떤가? 나를 사랑해주는 가족, 소수의 친구만 있어도 행복하다. 자율성이 보장되지 않으면 또 어떤가? 물론 인생에서 자율성이 있다면 자신 마음대로 할 수 있기 때문에 더 행복할 수 있다. 하지만 꼭 그렇지 않더라도 그 강제성 안에서 자신이 하는 일을 사랑할 수 있다면 그것도 행복의 조건이 될 수 있다.

꼭 인생에 거창하게 의미와 목적을 부여해야 행복할까? 소소하게 자신의 일상에서 의미와 가치를 찾을 수 있다면 그것 또한 행복이다. 그리고 일이 재미없다면 자신의 마음을 바꾸어 즐겁게 하면 된다.

내가 생각하는 행복은 자신이 있는 현재 상황에서 즐겁고 마음이 편안하다고 느끼는 상태이다. 자신이 책 한 권을 읽고 커피 한잔을 마시는 것이 행복이라면 그렇게 할 때 가장 큰 편안함을 느낄 것이다. 사람들과 왁자지껄 떠드는 것이 행복이라면 그렇게 할 때 가장 큰 즐거움을 가지게 된다. 지금 이 글을 읽는 당신도 내 글에 행복감을 느끼면 좋겠다. 행복의 조건은 정해진 것이 없다.

"조건을 따지는 순간 행복과 멀어진다."

최선을 다했다면 그 삶 자체만으로도 아름답다

지난 해 연말에 이어 연초에도 회사 일과 여러 프로젝트를 동시에 수행하고 있다. 그것이 돈과 연결되면 가장 좋겠지만 그렇지 않더라도 나의 미래를 위해 무엇이든 최선을 다하고 있다. 어느 것 하나 놓치지 않기 위해 애쓰려고 하지만 가끔 번아웃이 오기도 한다. 한 때는 최선을 다하는 것이 미덕이 아니라 생각했다. 분명히 최선을 다하면 성과도 반드시 나와야 하는 것이 맞다고 판단했다. 틀린 말은 아니다.

회사에서는 맡은 일에 최선을 다해서 일을 수주해야 한다. 아니면 수주하는 데 도움을 확실히 주는 것이 맞다. 책 쓰기를 시작했다면 일단 자신이 쓰고 싶은 주제가 정해지면 초고를 쓰기 시작한다. 분량을 채워야 그다음 단계로 나갈 수 있기 때문에 어떻게든 자신의 힘을 다해 초고를 완성해야 한다.

며칠 전 전 직장 후배가 술에 취한 목소리로 전화가 왔다. 오랜만에 통화라서 반가웠다.

"형, 잘 지내고 계세요?"

"오랜만이다. 잘 있지?"

"그냥 죽지 못해 살죠. 저도 이제 40대 중반이네요."

"그러네. 우리가 알게 된 지도 벌써 10년이 넘었다. 근데 목소리가 힘이 없어 보이는데 무슨 일 있어?"

"이번에 제가 맡은 프로젝트가 엎어졌어요. 몇 년간 진짜 밤낮 가리지 않고 제 모든 것을 걸고 최선을 다해 일했는데, 허무하네요."

"그래서 기분이 안 좋구나. 네 잘못이 아냐. 일이란 것이 하다 보면 잘 될 때도 있고 안 될 때도 있지. 힘내!"

"그게 맞는데, 이 프로젝트에 모든 사활을 걸었어요. 그런데 제 의지와는 상관없이 회사에서 그만하라고 하니 화가 나요."

"일이 엎어진 건 어쩔 수 없는 일이잖아. 너무 자책하지 말고 어서 들어가서 쉬어."

"네네. 형님 감사해요."

전화를 끊고 나서 참 많은 생각이 들었다. 앞에서 언급한 대로 사람들은 최선을 다했다면 꼭 일의 결과가 좋아야 한다고 생각한다. 그렇게 되면 좋겠지만 일이란 것이 어떻게 자신이 생각한 대로만 흘러가겠는가? 인생이란 것은 항상 변수가 생기기 마련이다.

그러니까 자신의 관점에서 최선을 다했다면 그것으로 충분하다. 꼭 성과가 나지 않아도 된다. 일이 잘 안 풀릴 수도 있다. 아무것도 하지 않는 것이 가장 나쁜 것이다. 무슨 일이든 자신이 현재 최선을 다하고 있다면 그 자체만으로도 충분히 아름답다는 사실을 명심하자. 삶의 흐름이 춤추는 대로 각자 자신의 최선을 다했던 인생은 결국 시간이 지나다 보면 근사해진다. 될 일은 어떻게든 된다.

"진인사대천명, 자신이 할 수 있는 선에서 최선을 다하고 하늘의 뜻을 기다리자."

희망이라는 선물

아침 출근길 지하철은 늘 사람이 많다. 그런데 오늘따라 노약자 한 자리 주변으로 사람이 없다. 넓게 갈 수 있다는 사실에 환호한 나는 잽싸게 빈 공간으로 파고들었다. 아뿔싸! 악취가 진동하고 있다. 앞을 봤더니 한 노숙자가 노약자석 하나 전체를 차지하고 자고 있는 중이다. 날씨가 추워서 그랬는지 따뜻한 지하철에서 잠시 몸을 뉘고 싶었던 듯하다.

무슨 사연이 있었는지 궁금했다. 어쩌다 이 지경까지 오게 되었을까? 꾀죄죄한 얼굴을 보니 50대처럼 보였다. 씻지 못한 몰골로 덜덜 떨면서 자는 모습을 보니 마음이 좋지 않았다. 회사 근처 역까지 가기 위해서는 30분 정도를 가야 한다. 30분 동안 그 앞에 서 있는 사람은 나 밖에 없었다. 다행히도 마스크를 끼고 있어서 그런지 그 사람의 악취도 생각보다 참을 수 있었다.

문득 그런 생각이 들었다. 그 사람도 분명히 다시 살 수 있으리라는 희망이 있었을지 모른다. 그에게도 가족이 있었을 것이다. 사랑하는 아내, 아이들과 행복한 일상을 지내다가 어떤 연유로 나락으로 떨어졌을까? 예전 서울역에 있는 노숙자 한 명을 인터뷰한 기억이 있다. 그의 대답을 오랜만에 떠올렸다. 노숙자가 되는 가장 큰 이유 중 대부분이 사업 실패였다. 다음으로 많은 것이 잘못된 투자와 도박이었다. 결국 기승전 돈으로 귀결된다.

지하철의 따뜻한 온기를 오랜만에 느꼈는지 그는 단잠을 자는 듯했다. 씻지 못한 그의 얼굴에는 미소가 보였다. 그 미소가 희망의 단

초가 되었으면 좋겠다. 건대입구역에 도착했다. 갑자기 역무원 2명
이 들어와서 그를 깨우더니 끌어냈다.

"아저씨, 이런 곳에서 주무시면 안 되죠!"

"죄송합니다. 죄송합니다. 너무 따뜻해서 저도 모르게 잠이 들었
습니다."

"아침 출근길에 승객분들께 불편을 드려 죄송합니다. 아저씨! 빨
리 내리세요!"

역무원의 손에 이끌려 나가는 그는 죄인 마냥 얼굴을 푹 숙이고
있었다. 그 모습을 보던 나는 잠시 고민하다가 역무원에게 말했다.

"이 사람도 누군가의 아빠이자 남편입니다. 지금은 이런 모습이
지만 최소한의 예의를 지켜주시면 감사합니다."

"죄송합니다. 승객님! 다만 이 사람도 무임승차를 해서 조사가 필
요합니다."

"아! 냄새나. 아저씨가 뭔데 이래라 저래라 하는 거예요? 역무원

님. 빨리 끌어내 주세요."

스마트폰을 보던 한 여자가 소리친다. 더 이상 말을 할 수 없었다. 지하철 문이 닫히고 출발했다. 그 노숙자는 어떻게 되었을까? 그에게 다시 희망을 선물하고 싶었지만, 현실적으로 그렇게 할 수 없었다. 아니 어쩌면 희망이라는 두 글자는 노숙자 스스로가 찾아야 하는 숙제가 아니었을까?

『희망의 원리』라는 책에서 이렇게 희망을 이야기하고 있다.

"인간은 빵이 아닌 희망을 먹고 산다. 희망을 잃어버린 것은 삶 자체를 잃어버린 것이다."-『희망의 원리』,에른스트 블로흐

그 노숙자는 희망을 잃어버리고 자신의 삶도 버려졌다. 당장 배고픔에 무엇이라도 먹겠지만, 그가 다시 살기 위해서는 희망을 품어야 한다. 지하철 문이 열린다. 나도 회사로 발걸음을 옮겼다. 생각이 많아지는 아침이다. 신이 있다면 누구에게나 희망이라는 선물을 내려주었으면 좋겠다.

"이 세상 모든 사람이 희망이라는 선물을 받았으면 좋겠다. 지금 힘든 당신, 희망을 잊지 말자."

『희망의 원리』, 에른스트 블로흐, 2004

읽어보시면

"희망을 품고, 미래에 대한 긍정적인 전망을 가지자."라는

교훈을 얻을 수 있습니다.

살아갈 이유를 찾아보자

 10여 년 전, 전 직장에서 재개발사업 인허가 프로젝트를 맡아서
수행 중이었다. 재개발 조합이 발주처였다. 조합장의 성격이 다혈
질이라 인허가 업무를 진행하는 데 어려움이 있었다. 그래도 업무
를 잘 조율하여 거의 마지막 단계까지 진행했다. 그 프로젝트 외에
다른 업무로 지방에 내려가는 중에 조합장에게 전화가 왔다.

 "황과장! 어디야?"

"안녕하세요. 조합장님! 지금 다른 업무로 지방에 출장 가는 중입니다."

"당장 차 돌려서 조합으로 와!"

"네? 이미 다른 업무 회의 시간이 잡혀 있어서 지금은 갈 수가 없습니다."

"오라면 오지. 무슨 말이 많아?"

"회의 끝나고 바로 가겠습니다. 그런데 가도 저녁 늦게 될 듯합니다."

"당장 안 와? 지금 우리 일이 급한데!"

"어떤 문제가 생겼는지 지금 말씀해 주시면 제가 여기서 해결할 수 있으면 해보겠습니다."

"그냥 빨리 와! 1시간 내로 와."

조합장은 막무가내다. 답답했다. 그래도 미리 잡힌 약속이 중요하여 무시하고 다른 일부터 처리했다. 회의 중에도 조합장의 전화는 계속되었지만, 받지 않았다. 회의가 끝나고 이제 출발해도 2시간은 걸린다고 했더니 회사에 직접 전화를 하겠다고 한다. 나도 화가 나서 그렇게 하라고 소리 질렀다. 상사에게 전화가 왔다.

"어떻게 된 거야? ○○구역 조합장이 화가 엄청났던데."
"갑자기 전화 와서 빨리 들어오라고 하는데, 저도 미리 잡힌 다른 업체 약속이 있어서 끝나고 가겠다고 했더니 저렇게 나오시네요."
"야! 그러면 거길 먼저 가야지!"
"이 프로젝트도 지금 중요한 단계라 회의만 하고 바로 가려고 했습니다."
"빨리 가봐!"

상사라도 내 입장을 이해할 줄 알았지만 그 반대였다. 서러웠다. 지금 맡은 프로젝트 모두 나에게 중요했는데, 다들 각자 입장에서만 이야기한다. 이해도 되지만, 그래도 억울했다. 감정을 추스르고 차를 몰아서 조합에 갔다. 벌써 밤 7시가 넘었다.

"죄송합니다. 좀 늦었습니다."
"조합장님 안 계세요. 퇴근하셨어요."

어이가 없었다. 빨리 오라고 해놓고 본인은 집에 들어갔다. 다시 전화를 했다.

"황과장! 미안… 내일 다시 와서 이야기해."

무슨 똥개 훈련시키는 것도 아니고…. 화가 났지만 참았다. 집으로 가는 내내 이러고 살아야 하는지 답답했다. 바쁜 일을 처리하기 급급했다. 그날따라 내가 이 일을 왜 하고 있는지 궁금했다. 이렇게 사는 게 맞는지 싶었다. 살아갈 이유를 찾아보지 않았기 때문에 하루하루 살아간다는 것이 스트레스였다. 일이 힘들어도 살아갈 이유가 명확했다면 좋게 생각했을 것 같은데 그게 아니었다. 그렇게 삶의 의미도 모른 채 몇 년간 더 살다가 결국 인생의 나락으로 떨어졌다.

보도 섀퍼의 『이기는 습관』 책을 보고 있다. 이런 챕터의 제목이 나왔다. 살아갈 이유를 찾을 수 있다면 앞으로 자신의 인생 방향이 명확해진다는 것이다. 지금까지 엉망진창으로 살아왔다 하더라도 정말 되고 싶고, 갖고 싶고, 하고 싶은 목표가 생겼다면 그것이 살아갈 이유를 찾은 것이라고 볼 수 있다.

나는 독서와 글쓰기를 통해 살아갈 이유를 찾았다. 계속 읽고 쓰다 보니 인생에 지치고 힘든 사람들에게 독서와 글쓰기를 알려주고 싶었다. 읽고 쓰는 삶을 만나면 더 근사한 자신의 인생을 찾을 수 있다는 사실을. 이 글을 읽고 있는 당신도 지금 여전히 인생의 방황을 겪고 있다면 살아갈 이유를 찾아보자. 그것을 찾을 수 있다면 이미 당신 인생의 변화는 시작된 것이다.

"당신이 존재하는 이유는 이 세상에 당신만이 할 수 있는 일이 있기 때문이다. 그것이 무엇인지 찾아내는 것은 삶의 가장 중요한 여정일 수 있다."

『이기는 습관』, 보도섀퍼, 2022

읽어보시면

"지속적인 노력으로 승리를 위한

습관을 만드는 법을 배우자."라는

교훈을 얻을 수 있습니다.

좋은 것만 보기에도 짧은 인생이다

주말마다 서울에 있는 고궁 투어를 하고 있다. 나와 닮은 9세 아들과 함께 간다. 요새 축구와 역사에 빠져 있는 청개구리 아들 덕분에 좋은 구경을 하고 있다. 사실 업무와 개인적인 일로 바쁘다는 핑계로 아이들과 잘 놀아주지 못하는 나쁜 아빠다. 반성하는 차원에서 시간을 쪼개 아이들과 시간을 보내려고 노력하는 중이다.

작년 주말에는 창덕궁에 갔다. 태어나서 창덕궁은 처음 가본 듯하다. 어린 시절 부모님과 갔다면 아주 어려서 기억이 안 났을지 모른다. 입구에 들어선 순간 멋들어진 기와지붕이 있는 한옥들이 내 눈앞에 펼쳐졌다.

10월의 완연한 가을 날씨라서 청명한 하늘과 기가 막힌 조화를 이루었다. 정말 오랜만에 눈이 호강했다. 피곤하고 지친 몸과 마음이 조금은 회복되는 느낌이었다. 순간 이런 생각이 들었다.

'정말 좋은 것만 보기에도 짧은 인생인데. 왜 이리 아등바등 숨 졸이며 살아가야 할까?'

아이와 함께 천천히 궁을 둘러보았다. 곳곳에 보이는 멋진 풍경을 눈에 담았다. 9세 아이도 오늘은 참 즐거워 보였다. 이것저것 구경하느라 뛰어가는 아이의 모습을 보는 것도 참 좋다. 창덕궁과 창경궁이 붙어 있다는 것도 처음 알았다. 창경궁까지 구경하기로 했다.

입구부터 창덕궁과는 다른 느낌이다. 연못과 정원(건물)이 있는

데, 역시 푸른 가을 하늘과 절묘한 조합을 보여준다. 보고 있노라면 감탄사가 절로 나온다. 웬만하면 집 근처를 벗어나지 않는 성향이라 사람들이 여행을 왜 가고 돌아다니는지 알게 되었다. 유한한 인생에 즐기면서 좋은 것만 보기에도 시간이 부족하다는 이유가 아닐까?

오늘 점심을 먹고 좋아하는 김종원 작가님의 블로그를 보게 되었다. 카드 뉴스에 자존감을 높이는 짧은 구절을 소개했다. 쭉 읽다가 "좋은 것만 보기에도 짧은 인생이다."라는 구절에서 소름이 끼쳤다.

몇 주 동안 고궁을 직접 보면서 참 좋은 느낌을 많이 받았다. 예전 왕, 왕비나 신하들이 이 고궁 안에서 써 내려간 서사를 상상하면서 여기저기 둘러보는 일이 참 즐거웠다. 오랜만에 뭔가 탁 트인 상쾌함을 느꼈다.

지금까지 회사 업무와 개인적인 일 등으로 바쁘게 지내온 듯하다. 가끔은 좋은 것도 보고 맛있는 음식도 먹으면서 힐링도 해보려고 노력 중이다. 볼거리도 많은 이 세상에서 짧은 인생에서 최대한 즐거움을 누리는 것도 나쁘지 않다. 이 글을 읽는 당신도 바쁜 일상이지만 최대한 자신의 눈에 좋은 것만 넣어보자. 그 자체만으로도 행복을 느낄 수 있다.

"자신의 일상에서 좋은 사람, 좋은 대상 등을 찾아보자. 그것만으로도 충분히 행복하다."

5장

당신은
결국 해낼
거예요

원래 인생은 고통스럽다

〈동상이몽〉이란 부부가 나오는 예능 프로그램이 있다. 2022 카타르 월드컵 16강의 주역 김진수 선수 부부가 출연자로 나왔다. 6살 연상의 미녀 아나운서 출신 아내가 든든하게 김진수 선수를 내조하는 모습이 인상 깊었다. 2014년과 2018년 부상으로 낙마했던 김진수 선수는 이번 카타르 월드컵이 첫 경험이었다. 이번에도 월드컵

전 부상이 있어 가지 못할 뻔했다.

부상 재발을 막기 위해 엄청난 고통을 견디는 훈련을 매일 반복했다. 운동을 하면서 상상을 초월할 정도로 고통스러웠는지 김진수 선수의 얼굴이 일그러졌다. 고통을 참고 있지만 무의식적으로 소리를 질렀다. 그 모습을 처음 본 김 선수의 아내는 안쓰러웠는지 눈물을 흘렸다. 그 모습을 본 김 선수는 아내에게 괜찮다고 하면서 한 마디를 남겼다.

"선수들은 모두 아픈 거야. 나만 아픈 게 아니고."

* 고통스러웠던 시절

"넌 이제 해고야. 나가!"

2012년 2월 어느 날 추운 날씨처럼 내 마음도 얼어붙었다. 다니던 네 번째 회사에서 해고당한 것이다. 사장님의 한마디에 이제는 어떻게 살아야 할지 고민이 되었다. 해오던 일을 계속 하는 것이 맞는데, 참 고통스러웠다.

회사를 나오고 나서 며칠간 누워만 있었다. 눈을 뜨는 것 자체가 고통이었다. 예전 같으면 출근 준비로 바쁜데 그렇지 못하니 마음이 무거웠다. 아내와 아이에게 미안했다. 인생의 소용돌이에 깊숙이 빠지게 되었다는 분노만 머릿속에 가득했다. 매 순간이 고통으로 다가오자 살고 싶은 생각이 들지 않았다. 왜 내 인생만 이렇게 힘들고 괴로울까?

* 인생은 원래 고통스럽다

생존 독서 11년, 글 쓰는 삶을 영위한 지 8년이 넘었다. 읽고 쓰면서 인생을 다시 배웠다. 아니 배우고 있는 중이다. 인생을 제대로 알게 되면서 느낀 중요한 한 가지를 알게 되었다. 바로 인생 자체가 원래 고통스럽다는 것을. 즐거움의 고통도 있다. 괴로움의 고통도 존재한다.

글을 쓰는 일도 즐거운 일임은 분명하지만 고통도 따른다. 회사 일도 마찬가지다. 아니 지금 내 인생에 일어나고, 내가 누리는 모든 것에서 고통을 피할 수 없다. 그래서 그 고통마저 즐기려고 노력하지만 여전히 쉽지 않다. 고통의 순간이 끝나면 반드시 근사한 행복을 만난다. 이 글을 읽는 당신도 인생이 고통스럽다고 느낀다면 잘 살고 있는 것이다.

"인생의 고통은 마치 보석을 만들어가는 과정과 같다. 그 고통이라는 과정을 통해 당신은 자신의 가치를 더욱 빛나게 할 수 있다."

감성이 필요한 시대

* 감성이 없다

한 남자가 있다. 술을 마시고 운전을 하는 중이다. 말 그대로 음주
운전이다. 쿵! 가다가 택시와 접촉 사고가 났다. 택시 기사에게 술
마신 걸 들켰다. 음주운전으로 경찰에 신고하지 말아 달라고 하면
서 합의를 요구한다. 합의금을 주겠다고 집으로 데려갔다. 그리고
악마로 돌변했다. 택시 기사는 시신으로 장롱에서 발견되었다.

그것도 그 남자의 여자 친구가 아니었으면 택시 기사가 죽었는지
도 몰랐을 것이다. 태연히 사람을 죽이고 나서도 그는 택시 기사의
이름으로 대출을 받았다. 그 돈으로 평소와 같이 일상을 영위했다.
이웃과 웃으면서 담소하는 그의 모습에서 소름이 끼쳤다.

신문에서 이 사건을 읽으며 몸이 부들부들 떨렸다. 어떻게 사람을
죽이고 아무렇지 않게 행동을 할 수 있을까? 그는 아마도 이성만 앞
선 감성이 없는 사람일지 모른다.

* 감성 돋았다

M본부에서 하는 〈놀면 뭐하니〉의 작년 마지막 방송이다. 생전에
죽은 사람의 목소리를 복원하여 다시 들려주는 기획을 시도했다.
유튜브 방송으로 편집된 영상만 봤는데도 눈물이 난다.

유재석 등 패널이 찾아간 곳은 평범한 가족의 집이다. 의뢰한 사
람은 자매다. 첫째 딸이 36살, 둘째 딸이 32살이다. 둘째가 2살 때

아버지는 예기치 않은 사고로 돌아가셨다. 첫째는 아버지의 얼굴을 기억하지만 둘째는 모른다. 그리고 30대 초반에 홀로 미망인이 된 그들의 어머니는 30년을 가슴에 남편을 묻고 살았다.

AI 복원 기술을 통해 아버지의 목소리를 복원했다. 아버지의 노래가 들리자 어머니는 오열한다. 얼마나 남편의 목소리가 듣고 싶었을까? 시공간을 초월하여 부부는 다시 만났다. 그리고 두 딸의 이름을 부르며 '잘 자라줘서 고맙다.'라는 아버지의 목소리가 들린다. 두 딸도 같이 눈물을 흘렸다.

그 장면을 보는 나도 울컥했다. 눈물이 그치지 않았다. 남자치고 감성이 많은 사람이라 솔직하게 말하자면 더 웃고 우는 것 같다. 말 그대로 감성 돋았다.

* 감성이 필요한 시대

세상이 점점 메말라간다. 서로 간의 소통도 없다. 사소한 이유로 분노하고 사람을 때리거나 죽이기도 한다. 성과와 경쟁 위주의 사회가 만든 결과이다. 돈 많이 벌고 공부만 잘하면 되는 세상이다. 인성은 뒷전이다. 성공을 위해서는 수단을 가리지 않는다. 밟고 올라서면 그만이라고 생각한다.

자신의 노력으로 부자가 되거나 성공한 사람을 경멸한다. 부익부 빈익빈 현상으로 열등감에 사로잡혀 그들을 싫어한다. 하지만 실제로 그들을 만나면 굽실거리고 애꿎은 노약자를 괴롭힌다. 인성교육이 되지 않으니 영악한 청소년들의 속임수에 당하거나 시비가 붙어 다치거나 죽기도 한다.

이 모든 것이 감성이 메말라서 생기는 일이라 생각된다. 사랑과 배려, 공감으로 정리되는 감성이 필요한 시대이다. 올해는 부디 첫 문단에서 언급한 저런 사건은 없었으면 좋겠다. 물론 이런 글을 쓰면서 여전히 욱하거나 감정 조절을 못할 때가 많은 나도 먼저 반성해야겠다. 감성을 장착하여 좀 더 따뜻한 세상이 되었으면 하는 바람이다. 사랑하기에도 바쁜 인생이다.

"감성은 당신이 세상을 보는 창, 내면의 목소리, 본질적인 자아를 표현하는 도구이다. 그 순간에 필요한 감성을 품고 세상을 바라보면, 색다른 시각과 새로운 이해를 얻을 수 있다."

두려움을 이기는 유일한 방법

* 두려움의 추억

몇 번 언급했지만 새로운 뭔가를 시도하려고 하면 먼저 두려움도 몰려왔다. 지금은 운전하면서 전국 어디든지 갈 수 있지만, 운전을 배우기 전에도 먼저 겁이 났다. 21살 대학생 시절 여름방학 기간에 운전을 배운다는 동네 친구를 따라갔다가 덜컥 등록했다. 보통 성인이 되면 운전면허부터 따려고 한다. 남들이 다하는 것은 또 해야

직성이 풀리다 보니 빨리 등록할 수밖에 없었다.

등록하고 집에 돌아왔는데, 자꾸 가슴이 두근거렸다. 운전 자체가 두려웠다. 잠을 잘 수가 없었다. 당장 내일 아침 학원에 가야 하는데 손이 부들부들 떨렸다. 그 모습을 본 어머니가 왜 그러냐고 물어본다. 처음에는 별일 아니라고 말했지만, 내일 운전을 배우는 게 너무 무섭다고 대답했다. 어머니는 별걸 다 걱정하고 있냐고 한마디 한다. 새벽까지 두려움으로 잠들 수 없었다.

* 두려움의 결과

잠을 못자다 보니 너무 피곤했다. 그래도 등록했으니 학원은 가야 했다. 가는 발걸음이 참 무거웠다. 학원에 도착해서도 너무 긴장해서 제대로 앉아 있을 수 없었다. 친구가 먼저 1톤 트럭을 타고 강사가 시키는 대로 한 바퀴를 멋지게 돌았다.

내 차례다. 자리에 앉자마자 트럭 시동을 켜고 출발했다. 첫 코스는 언덕이다. 올라가다가 두 번이나 시동을 꺼트렸다. 강사에게 호되게 야단맞았다. 그 따위로 운전할거면 내리라고. 너무 무서워서 그대로 집에 갔다. 이불을 뒤집어쓰고 영원히 나는 운전을 할 수 없겠다고 생각했다.

* 두려움을 이기기 위해서는

이틀 동안 그 두려움으로 아무것도 할 수 없었다. 보다 못한 어머니는 그냥 때려치우라고 했다. 사내아이가 무슨 그렇게 겁이 많아 무엇을 하겠냐고. 그 말을 들으니 오기가 생겼다. 어떻게든 이 두려움을 극복하고 싶었다.

아직도 두려움이 마음에 남았지만, 일단 일어났다. 문을 박차고 나와 다시 학원으로 향했다. 강사에게 다시 태워달라고 하고 배운대로 다시 트럭의 시동을 켰다. 그리고 무사히 언덕코스를 지날 수 있었다.

많은 사람들이 두려움으로 인해 새로운 도전을 하지 못하기도 한다. 사실 두려움은 '진짜처럼 보이는 거짓 현상'이라고 많이 이야기한다. 쉽게 이야기하면 자신이 두려워하는 일은 실제로 일어나지 않는다. 내 마음이 만들어 낸 허상이라고 생각하면 된다.

이런 두려움을 극복하는 방법은 결국 행동으로 옮기는 것이다. 계속 시간을 끌면 두려움의 크기가 커진다. 그 두려운 마음이 더 커지기 전에 바로 실행하자. 행동하고 익숙해지면 자신을 집어삼킨 두려움은 눈 녹듯이 사라진다.

"두려움만 극복할 수 있다면 모든 기적은 시작된다."

시련과 고통이 클수록

시간이 나면 유튜브 영상으로 강의를 많이 보는 편이다. 다른 강의를 찾다가 우연히 그룹 GOD 콘서트를 보게 되었다. 이번에 데뷔 23주년 기념으로 콘서트를 진행한 듯하다. 개인적으로 그들의 노래를 참 좋아하던 터라 오랜만에 감상했다. 그 영상을 보고나서 알고리즘을 타고 들어가다가 GOD 멤버이자 배우로 더 활동하고 있는 윤계상의 한 인터뷰를 보게 되었다. 인터뷰라기보다 멤버에게 자신이 하지 못했던 이야기를 하는 영상이다.

"내가 연기자가 되려고 GOD에서 탈퇴한 게 아니었어."

이 한 마디에 다른 멤버들은 믿지 못하는 눈빛으로 그를 바라보았다. 윤계상은 말을 이어나간다.

"우연한 기회로 연기를 하게 되었는데, 너무 재미있더라고. 그런데 그 시기에 내가 팀을 나간 이유가 연기자가 되려고 GOD를 탈퇴했다는 이야기가 돌더라. 난 그런 게 아닌데, 여기서 내가 해명을 하게 되도 일이 더 커질 것 같아서 침묵을 택했어. 가장 힘들었던 것은 내가 정말로 사랑하는 너희들도 나를 믿지 않더라고. 팬들은 나를 배신자라고 욕하고. 그런 게 아니었는데 말이야. 8년 동안 너무 고통스러웠어. 연예인을 그만둘 생각까지 했다고."

그 말을 듣는 멤버들은 윤계상이 배우가 되기 위해 나간 것으로 알고 있다가 그의 솔직한 고백에 많이 놀라고 당황하는 눈치였다. 너무 친하다 보니 가만히 있어도 다 믿어주고 감싸주며 이해할 줄 알았지만, 그것이 아니었다. 오히려 오해만 더 커지면서 서로에게 상처를 주었던 것이다.

"다시 돌아가자. 좋았던 시절로. 이제 오해도 풀고 다시 시작하자."

윤계상의 마지막 한마디에 멤버들은 오열했다. 다음 단계는 당연히 재결합 후 지금 멋지게 활동 중이다. 다른 영상에서 윤계상은 이시기가 정말 인생에서 가장 힘들었다고 한다. 매일같이 밥 먹고 장난치고 함께 활동하던 사람들이 곁에 없으니 너무나 괴로웠다. 연예인 생활에 회의를 느낄 정도로 큰 시련과 고통을 겪었다. 하지만 시련과 고통이 클수록 인생의 농도는 더 깊어진다는 멘트를 남겼다. 그 말을 들으면서 공감이 되었다.

11년 전 다니던 네 번째 회사에서 해고당하고 나서 말로 설명할 수 없는 절망감을 느꼈다. 상상을 초월할 정도로 살면서 처음 느껴보는 고통이었다. 앞으로 어떻게 살아야 할지 막막했다. 하루하루 겨우 버티는 정도였다. 나 지금 너무 아프다고 아무나 붙잡고 소리치고 싶었다.

그 고통을 잊기 위해 매일 술을 마셨다. 취하면 아무 생각이 나지 않아 좋았다. 다시 술이 깨면 숙취와 함께 다시 고통이 시작된다. 몸도 아프지만, 마음의 병이 더 심해졌다. 그럼에도 불구하고 엄청난 고통과 시련 속에서도 어떻게든 살아내야 했다. 독서와 글쓰기를 통해서 조금씩 고통에서 빠져나올 수 있었다.

지금도 글을 쓰면서 그 시절의 고통이 떠오른다. 큰 돌덩이 하나가 나를 짓누르고 있는 느낌이었다. 그러나 그 시련과 고통의 시간이 있었기에 지금의 내가 글을 쓸 수 있었다. 또 시련과 고통이 컸기 때문에 내 삶의 농도도 깊어지게 되었다. 인생은 오르막과 내리막의 반복이다. 지금 혹시 인생의 힘든 시기를 지나고 있는가? 시련과 고통으로 절망적인 시간을 보내고 있더라도 실망하지 말자. 그 시련과 고통이 클수록 반드시 더 크고 근사한 기적이 당신을 기다리고 있을 테니.

"신은 당신이 감당할 수 있을 만큼 시련만 준다. 그 관문을 통과하는 순간 더 큰 좋은 세상을 만날 것이다."

이만하면 했을 때 위기가 찾아온다

『모든 것은 기본에서 시작한다』를 읽고 손웅정 감독의 영상을 자주 찾아본다. 손흥민이 위기 상황에서도 침착하게 대응하는 모습이 어디에서 나오나 했더니 바로 아버지였다. 손흥민이 첫 골을 넣었을 때도 노트북을 다른 곳에 감추고 댓글을 못 보게 할 정도였다고 한다. 이 글의 제목처럼 그는 한 인터뷰에서 이렇게 말했다.

"이만하면 됐다. 생각했을 때 위기가 온다."

이 구절이 오늘따라 참 와닿았다. 성향이 꼼꼼하지 못하고 끈기가 부족하다. 회사 업무, 진행하는 프로젝트나 개인적인 글쓰기를 하면서 '스스로 이만하면 됐다.'라고 할 때가 많다. 그런데 꼭 그럴 때 문제가 생겼다. 늘 하던 일이다 보니 '이 정도면 됐지.'라는 매너리즘에 빠진 것이 가장 큰 이유가 아닐까 싶다.

예전 회사 업무에서도 작은 실수가 많았다. 토지를 검토하다가 면적이나 시세 숫자를 잘못 적은 적이 있다. 숫자 하나에 사업성 결과가 달라지는데, 검토서를 보내기 전에 한 번 더 꼼꼼하게 검토했어야 했는데 그러질 못했다. 진행하는 프로젝트도 고객과의 컨설팅에서 좀 더 세심하게 살폈어야 했는데, 꼭 한두 가지를 놓치는 것이 있다. 그럴 때는 고객이 하는 피드백도 좋지 않았다.

10년 전 이런 성향 때문에 전 직장에 큰 손해를 끼쳤다. 창고 개발 사업 일을 수주하기 위해 사전 검토 단계에 일어난 일이다. 개발사업 인허가에 필요한 부담금을 잘못 계산했다. 법규를 잘못 해석해서 부담금 한 항목 중 하나를 부담하지 않아도 된다고 발주처에 보고한 것이다. 그 돈이 수십억에 달했다. 당연히 발주처 입장에서 수십억이 절약되니 사업성이 더 확보된다고 판단했다. 미리 봐둔 땅을 사기 위한 계약금을 납부했다.

발주처에서 우리에게 인허가 일을 주기로 하고 계약하러 가는 날 발주처 담당자에게 급히 전화가 왔다. 당장 들어오라는 외침과 함께. 전 직장 사장님을 모시고 운전하고 가고 있는 길이었다. 속도를 내서 발주처 담당자를 찾았다. 문을 열자마자 서류봉투 하나를 내 얼굴에 던졌다. 검토를 대체 어떻게 한 거냐고 냅다 소리를 질렀다.

"다시 알아보니 내야 할 돈인데, 왜 안 내도 된다고 이야기했습니까? 지금 수십 억이 더 들게 생겼는데, 계약 못하겠네요."

그 말을 듣는데 귀가 멍했다. 아무것도 들리지 않았다. 결국 일을 계약하지 못하고 돌아가게 되었다. 뒤에서 그 모습을 조용히 지켜보던 전 회사 사장님은 나를 해고했다. 지금 생각하면 이만하면 됐다 했을 때 위기가 찾아온 것이다.

좀 더 법규를 찾아보고 꼼꼼하게 챙겼어야 했는데 그렇지 못했다. 그 일이 있고 나서 어떻게든 2~3번 확인하는 버릇이 생겼다. 잔실수가 생겨도 앞에서 언급했던 것처럼 큰일은 일어나지 않았다.

이 글을 읽는 당신도 혹시 저런 경험이 있었는가? 성공을 목전에 두거나 성공에 도취되어 이만하면 됐다고 잠시 마음을 놓지 않았는가? 손웅정 감독의 인터뷰 구절처럼 정말 이만하면 됐다 했을 때가 가장 위험하다. 그 위기가 오기 전에 미리 꼼꼼하게 챙기고 살펴보는 자세가 중요하다. 앞으로 나도 좀 더 신중하게 어떤 일이든 접근하기 위해 노력해야겠다.

"하나라도 놓치지 않는 습관을 기를 수 있다면 이 세상에 있는 모든 것을 움켜질 수 있다."

『모든 것은 기본에서 시작한다』, 손웅정, 2022

읽어보시면

손웅정 감독의 인생 철학을 알 수 있습니다.

"탄탄한 기본 위에 성공의 토대를 다지는 법을 인지하자."라는

교훈을 배울 수 있습니다.

중요한 것은 꺾이지 않는 마음

2022년 카타르 월드컵에서 우리나라 축구 국가대표팀은 12년 만에 16강 목표를 달성했다. 지난 3일 포르투갈과의 조별예선 3차전 경기는 잊을 수 없다. 조별 예선 2차전 가나와의 경기에서 아깝게 패하면서 16강 진출이 희박했다. 10% 미만의 가능성을 가지고 경우의 수를 따져야 했다. 하지만 기적을 만들어 냈다. 경기가 끝나고 조규성, 권경원 선수가 관중석이 쓴 한 개의 문구를 들고 사진을 찍었다.

"중요한 것은 꺾이지 않는 마음."

　이번 월드컵에서 어떤 상황에서도 무너지지 않고 투혼을 보여준 축구 국가대표팀의 모습을 잘 나타낸 문구다. 2002년 "꿈은 이루어진다." 이후로 최고의 유행어로 떠올랐다. "꿈은 이루어진다."가 결과지향주의를 표방했다면 이번 문구는 결과가 좋지 않더라도 그 과정에서 최선을 다하면 된다는 의미가 잘 함축되어 있다.

　이번 국가대표팀 선수들은 부상을 입었음에도 불구하고 나라를 위해 자신의 몸을 희생했다. 안와골절로 인해 눈이 부었지만 마스크를 쓰고 모든 경기를 풀타임을 소화했던 주장 손흥민, 발목 부상이 있었지만 참고 뛴 이재성, 수비의 핵으로 다리가 불편했지만 다른 나라 최고의 공격수를 온몸으로 막아낸 김민재, 햄스트링 부상으로 고생하다가 결승골을 견인한 황희찬 등 모든 선수가 그랬다. 몸은 힘들었지만 꺾이지 않는 마음으로 투혼을 펼쳤다.

　포기하지 않는 그들의 모습을 보면서 우리 국민은 감동했다. 안쓰러웠지만 최선을 다하는 선수들에게 아낌없는 박수를 보냈다. 요새 이런저런 고민으로 지쳐 있던 나도 그들의 모습을 보면서 엄청난 동기부여를 받았다. 내 마음만 꺾이지 않는다면 인생이 지치고 힘들어도 헤쳐 나갈 수 있다는 사실을 다시 한번 깨달았다.

이 꺾이지 않는 마음을 계속 유지하기 위해서는 어떻게 해야 할까? 내 생각은 다음과 같다.

1) 일희일비하지 않는다

자신이 원하는 목표를 이루기 위해 한두 번 시도해보고 잘 되지 않는다고 포기하지 말자. 빨리 이루려는 조급함 때문에 사람들이 일을 그르치는 경우가 많다. 정말 운과 타이밍이 맞아서 되는 경우를 제외하면 빠른 시간 내 만들어지는 일은 없다. 어느 정도의 시간이 지나야 그 노력이 결실을 맺기 시작한다.

2) 작은 성공을 하나씩 쌓아가자

많이 시도하면 그만큼 결과도 많아진다. 성공보다 실패가 더 많다. 그 수많은 실패에서 피드백하면서 작게라도 성과를 만들어보자. 그렇게 작은 성공을 하나씩 쌓아가다 보면 마음이 쉽게 꺾이지 않는다.

3) 너무 열심히 하지 말자

가끔은 자신에게 휴식을 주자. 너무 열정적으로 몰입하다 보면 쉽게 지친다. 지치게 되면 결국 하고자 하는 내 마음과 의지도 같이 꺾일 수 있다. 할 때는 제대로 집중하고, 쉴 때는 온전하게 쉬는 균형이 필요하다.

지금까지 내 마음이 꺾이지 않고 만 7년 넘게 책을 읽고 글을 쓸 수 있었던 이유도 앞의 세 가지 방법을 적절하게 사용했기 때문이다. 물론 여전히 불완전한 사람이다 보니 잘 지켜지지 않을 때도 많다. 그래도 매년 1~2권의 책을 출간하는 작은 성공을 쌓아가다 보니 여기까지 올 수 있었다.

인생에서 꺾이지만 않는다면 무슨 일이든 할 수 있다. 지금 인생이 힘든 당신, 자신의 마음을 잘 지키자. 다시 한번 말하지만 꺾이지 않는 마음만 가지고 계속 나아간다면 언제든지 인생의 승리는 당신 편이다.

"꺾이지만 않는다면 반드시 당신이 원하는 것을 얻을 수 있다."

성공에는 끝이 있지만 성장에는 끝이 없다

다시 김종원 작가의 『마지막 질문』을 읽고 있다. 올해 읽었던 책 중에 상위 3위 내 들어갈 정도로 개인적으로 좋았다. 『마흔이 처음이라』 원고를 쓸 때 많이 참고했던 책이기도 하다. 그 책에서 오랜만에 이 구절이 오늘따라 와닿았다.

"끝이 없는 것을 추구해야 끝까지 진실한 마음을 간직할 수 있다. 이는 정말 중요한 삶의 진리다. 앞서 말했듯 성공에는 끝이 있지만,

성장에는 끝이 없다."

독서와 글쓰기를 만나기 전의 나는 성공을 위해 살았다. 남들에게 보란 듯이 성공하고 싶었다. 그 성공의 의미가 이 세상이 정해놓은 기준에 따라 살면서 더 높은 위치에 가는 것이었다. 롤플레잉 게임의 퀘스트를 하나씩 완료하는 것처럼 인생에서 나에게 주어진 미션을 잘 수행했다.

재벌까지 아니지만 더 높은 수준의 부와 명예를 갈망했다. 이제이 목표만 달성하면 내 인생은 앞으로 탄탄대로처럼 거칠 것이 없을 것 같았다. 그러나 이상만 높았고 현실은 그렇지 못했다. 처절하게 실패했다.

만약 성공했더라도 아마 그것으로 내 인생은 끝났다고 여겼을지 모른다. 주변만 돌아봐도 자신이 원하는 목표를 이루고 나서 허무함을 느끼는 사람이 얼마나 많은가? 성공에 취해 오히려 나락으로 떨어지는 경우도 많다.

성공도 못하고 아예 인생의 패배자가 된 상태가 되었다. 죽고 싶었지만 가족들을 위해 살아야만 했다. 나 혼자 힘들다고 자꾸 좋지 않은 생각만 하던 이기주의자였다. 다시 일어나기 위해 책을 읽고 글을 썼다. 독서와 글쓰기를 하면서 인생을 다시 배우고 성장할 수 있었다.

분명히 그 시절의 나와 지금의 나는 스스로 느끼기에도 다르다고 생각한다. 하루 이틀이 지나고 한 해가 흘러갈 때마다 조금씩 성장하는 나를 보면서 보람을 느낀다. 여전히 두려움은 남아 있지만 그래도 계속 성장할 수 있는 믿음이 있기에 열정이 계속 생긴다.

"성장을 삶의 목적으로 둔 사람들은 아무리 성공해도 진실한 열정과 태도를 유지할 수 있다."

위 구절에서 이어지는 문장이다. 예전의 내가 성공을 삶의 목적으로 삼았다면 지금의 나는 성장을 목표로 삼고 있다. 죽을 때까지 계속 글을 쓸 생각이다. 살아있는 한 아직 내가 생각하는 최고의 글은 나오지 않았기에 오늘도 쓰고 있다.

매일 조금씩 쓰다 보면 어제의 글과 비교해서 성장할 수 있다고 믿는다. 진정한 성공은 성장을 통한 성공이라고 『미친 실패력』 책에서도 언급한 바 있다. 이 글을 읽는 당신도 성공보다 성장을 통한 인생을 영위하기를 바란다.

"성공은 일회성이지만, 성장은 죽을 때까지 영원하다."

『마지막 질문』, 김종원, 2022

읽어보시면

유명 철학자와의 대화를 통해

죽음에 대해 배울 수 있습니다.

"의미 있는 질문으로 세상을 이해하고 삶을 깊이 있게 살자."라는

교훈을 얻을 수 있습니다.

"왜 나는 이렇게 잘 안되지?"

아는 작가들이 책을 출간했다는 소식을 접하면 몇 권 정도 구입하고 있다. 직접 서점에 가는 시간이 많지 않아 예스24나 교보문고 온라인 서점을 주로 이용하는 편이다. 책을 찾아 구매하기 전에 그 책의 판매지수에 꼭 눈이 먼저 간다.

판매지수란 각 온라인 서점에서 그 책이 얼마나 많이 팔렸는지 사람들에게 보여주는 지표라고 보면 된다. 서점마다 기준이 다르고, 어떻게 집계되는지 사실 좀 기준이 모호하다. 보통 예스24에서 판매지수가 오만 단위가 넘어가면 내 기준상 진짜 베스트셀러 책이라고 판단한다.

그러다가 한 지인의 책이 판매지수가 10만이 넘어간 것을 보고 깜짝 놀랐다. 내 안의 악마가 나타났다. 얼굴이 좀 찌푸려졌다. 솔직하게 부러웠다. 몇 권의 책을 출간했지만 저렇게 판매를 많이 해본 적이 없었다. 저렇게 잘되고 있는데 굳이 꼭 내가 한 권 구입할 필요는 없다는 생각이 순간 들었다. 그래도 다시 고개를 저으면서 책을 구입했다. 그리고 정말 그 작가가 잘 되니 기분이 좋았다. 축하한다는 메시지를 같이 보냈다.

불과 몇 년 전까지만 해도 책을 어떻게 써야 하는지 물어보고, 콘텐츠를 만들어 글을 써서 책을 출간 후 중박 이상을 친 사람들이 많다. 이제는 그들도 내가 더 이상 대단하지 않다는 것을 알게 된 후

연락을 끊어버렸다.

인정한다. 아직 그들이 인정할 만큼 그리 대단한 작가가 아니라는 사실을. 2년 전까지만 해도 그렇게 떠나간 사람들을 용서할 수 없었다. 다시 동기부여가 생겼다. 한두 권 책을 내고 잘된 그 경쟁자들을 이기고 싶었다. 내 안의 악마는 그렇게 나를 다시 유혹했다. 자꾸 타인과의 비교하면서 경쟁한다고 생각하니 성장이 더딜 수밖에 없었다.

글쓰기/책 쓰기, 독서모임, 땅 투자 등 모임 및 과정을 운영하면서도 끊임없이 다른 경쟁자들을 의식했다. 물론 사업을 하기 위해서는 경쟁자들의 분석이 필요하다. 그들이 어떻게 운영하고 가르치는지 파악해야 차별화된 나만의 프로그램을 만들 수 있기 때문이다. 하지만 그들이 얼마나 수익화하여 돈을 많이 벌었는지가 더 궁금했다. 왜 나는 그들처럼 되지 못하는 걸까 속앓이를 한 적도 많다.

이런 고민이 계속되자 제대로 일에 집중할 수 없었다. 그러다가 얼마 전 읽었던 김승호 회장의 『사장학개론』에 나오는 구절을 보고 다시 생각을 정리할 수 있었다.

"성공한 자는 경쟁자를 이기는 것에 몰두하고, 크게 성공한 자는 자신을 이기는 것이 힘을 쓴다. 이 세상의 가장 큰 경쟁자는 자신이다."

공감한다. 경쟁자를 이긴 것은 한 사람을 이긴 것이나, 자신을 이 긴다는 것은 지금까지 살아왔던 과거의 모든 나를 이기는 행동이 다. 지금까지 책을 출간했지만 큰 성과가 없더라도 쌓인 노하우가 있다. 무엇이 잘못되었는지 과거의 성과와 실패 등을 분석하여 다 음에 다시 도전하면 된다. 포기하지 않는다면 나에게도 앞에 언급 한 다른 작가들처럼 그런 영광이 주어지지 않을까?

타인을 시기하고 부러워하는 그런 마음을 버리는 것도 결국 나 자 신이다. 나만의 강점을 다시 분석해서 지금 할 수 있는 선에서 다시 한번 시도해 볼 생각이다. 어제의 나에서 오늘 하루 더 조금 더 나아진 모습을 보일 수 있다면 그것만으로도 괜찮다. 이 세상에서 가장 큰 경쟁자는 바로 나 자신이다.

"어제의 나를 이길 수 있다면 무엇이든 이룰 수 있다."

당신만 지치지 않으면 됩니다

『사장학개론』, 김승호, 2023

읽어보시면

김승호 회장의
진짜 사업 이야기를 알 수 있습니다.

당신은 매일 하고 있습니까?

삐빅 삐빅! 알람이 울린다. 아아악! 악몽을 꾸었는지 나도 모르게 소스라치게 소리치며 눈을 떴다. 일어나려고 하지만, 몸이 말을 듣지 않는다. 목과 어깨는 바위 하나를 얹고 있는 것처럼 무겁다. 그래도 일어나야 한다. 출근하기 전에 10페이지의 책을 읽고 한 편의 글을 어떻게 써야 할지 글감과 구성이라도 하려면 적어도 1시간은 필요하기 때문이다.

뜨지도 못하는 눈을 붙잡고 세면대 앞에 섰다. 수도를 틀었다. 차가운 물을 받은 후 얼굴을 물에 처박았다. 정신이 번쩍 든다. 찬물로 세수하고 머리를 감았다. 나와서 팔굽혀펴기 10회, 스쿼트 30회와 스트레칭으로 뻣뻣한 몸을 풀고 책상에 앉는다.

올려준 책들 중 한 권을 붙잡고 10페이지 독서를 시작한다. 내가 운영하는 과정이나 모임 오픈 채팅방을 한 번씩 돌면서 그날에 필요한 메시지를 남긴다. 마지막으로 오늘 써야 할 글감이나 주제를 고민하고 구성을 어떻게 할지 적어본다. 이렇게 하면 약 1시간 정도가 걸린다. 출근 준비 후 회사로 출발한다. 주말을 제외한 주중 내 일상은 매일 이렇게 반복된다.

아무리 바빠도 내 일상에서 지키고 있는 세 가지가 있다. 바로 10페이지 독서, 한 편의 글쓰기, 팔굽혀펴기 20회이다. 회사 일이 바쁘거나 술을 마시고 돌아와도 이 세 가지는 꼭 지키고 있다. 처음부터 매일 하고자 했던 것은 아니었다.

살고 싶어서, 내 인생의 변화를 위해서 처절하게 책을 읽고 글을 쓰기 시작했다. 작가라는 내 인생의 첫 꿈을 이루기 위함이었다. 또 매일 책을 읽고 글을 쓰는 행위가 재미있었다. 그런 시간이 1년이 지나가니 내 일상에 자연스럽게 스며들었다. 그것이 습관이자 루틴이라는 것은 나중에 책을 보고 알았다. 독서는 11년째, 글쓰기는 8년째 매일 이어 나가고 있다. 그 덕분에 회사를 다니면서도 몇 권의 책 출간과 SNS에 수천 개의 글이 남았다. 2,700권 정도의 책을 읽었다.

요새 자기 계발이 열풍이다. 이것저것 배우는 사람들이 많다. 하지만 정작 배우고 나서 실제로 적용하는 사람은 없다. 분명히 배워서 매일 해야 자기 것으로 만들 수 있는데, 대부분 사람은 한두 번 해보고 그만둔다. '나중에 해보면 되겠지.' 라고 하면서 시간을 또 낭비한다. 분명히 배운다는 것은 그것을 익혀서 자신이 하고자 하는 목표를 이루기 위함이다. 그러나 정작 이루는 사람은 많지 않다.

그 이유는 하나다. 혹시 꿈이나 목표를 이루고 싶은데 지속하지 못하기 때문이다. 어떤 분야에서 성과를 이루는 사람은 매일 그 행위를 반복한다. 반복하는 과정에서 실패도 하고 시행착오도 겪는다. 그 안에서 피드백을 받고 수정해서 또 매일 지속하다 보면 자신만의 노하우가 생긴다. 책을 쓰는 작가가 되고 싶으면 일단 매일 조금이라도 자신이 쓰고 싶은 글의 분량을 채워야 한다.

오늘도 멍하니 성공하고 성과를 이룬 사람들의 유튜브 영상을 보면서 부러워하고 있지 않은가? 나는 왜 저 사람들처럼 되지 못할까라고 자책하고 있는가? 그렇다고 한다면 당장 영상을 끄고 다시 한 번 내가 이루고 싶은 목표와 꿈이 무엇인지 적어보자. 그리고 매일 할 수 있는 것부터 찾아보자. 당장 그 행위를 시작하자. 매일 지속하자. 당신은 매일 하고 있는가? 당신의 입이 아닌 매일 하고 있는 그 행위가 당신의 인생을 결정한다.

"매일 하는 당신이 진정한 인생의 승리자다."

당신만 지치지 않으면
됩니다

예능 프로그램 〈아는 형님〉을 즐겨본다. 멤버들에게 늘 웃기지 않는다고 당하는 한 멤버가 있다. 바로 개그맨 김영철이다. 데뷔한 지 20년이 넘었고 다양한 재능이 있지만 한 번도 최정상에 서 본 적은 없다. 하지만 개인적으로 그를 참 좋아하고 존경한다. 그 이유를 그가 나온 강연 영상에서 다시 한번 찾을 수 있었다.

개그맨 김영철도 자신도 사람인지라 욕심이 많다고 말한다. 예능이나 코미디 계에서 최정상에 올라 연예대상 시상식에서 대상을 받고 싶었다. 그러나 연말 연예대상 시상식에 꽤 오랜 시간동안 초대를 받지 못해 집에서 쓸쓸하게 텔레비전으로 시청했다고 고백했다.

자신도 멋지게 차려입은 동료 개그맨이나 예능인들과 같이 못하는 것이 서러웠다고.

데뷔 이후 한 주도 빠지지 않고 방송과 행사를 뛰었지만, 잘 풀리지 않는 현실 때문에 답답한 날이 많아 방송을 포기하고 다른 길로 나아갈까 고민이 많았다. 하지만 지치기 전에 영어공부와 방송을 꾸준하게 하면서 자신을 다독였다고 고백한다.

일이 잘 풀리지 않다 보니 답답한 그는 예능계 일인자 개그맨 신동엽에게 상담을 요청했다. 신동엽은 그에게 한마디를 건넸다. 그 말을 들은 김영철은 다시 힘을 낼 수 있다고 했다.

"너는 참 재능이 많은 후배야. 아직 때를 만나지 못했을 뿐이야. 너만 지치지 않으면 돼! 죽을 때까지 지치지 않는 캐릭터로 오랫동안 활동하면 사람들에게 사랑을 받을 거야."

최정상 개그맨 선배의 진심어린 조언에 그는 다시 한번 힘을 냈다. 느리게 가더라도 많은 사람들에게 지치지 않는 개그맨이 되는 것이 꿈이라고 밝히며 강연을 끝냈다.

지난 2월 중순부터 열심히 하고 있지만 무엇인가 일이 잘 풀리지 않았다. 하는 것에 비해 성과도 크지 않다고 생각하다 보니 자꾸 지치고 힘이 빠졌다. 해야 할 일이 많았는데, 점점 하기가 싫어졌다. 처음으로 지금까지 해왔던 독서와 글쓰기를 그만해야 하는 고민도 커졌다. 잠시 쉬었다 하는 게 아니라 모든 것을 놓고 싶었다.

하지만 이 강연 영상을 보고 다시 한번 힘을 내보기로 결심했다. 내가 지치지만 않는다면 아니 지쳐도 잠시 쉬었다가 다시 열정을 뿜어낼 수 있다면 느리게 가는 것도 괜찮다는 사실을 깨달았다. 자꾸 잘나가는 타인을 비교하고 빨리 뭔가를 이루고 싶다는 조바심 때문에 일을 그르치는 경우가 많이 생긴다.

8년 전 같이 글을 쓰는 사람들이 주변에 많았다. 하지만 지금까지 책을 읽고 글을 쓰는 사람은 많이 남지 않았다. 이유는 읽고 쓰는 삶을 살면서 자신이 생각했던 성과가 나오지 않기 때문에 지쳐서 포기했기 때문이다.

코로나 이후로 온라인 세상에서 2~3년 동안 새로 알게 된 작가가 많아졌다. 그들도 언제까지 읽고 쓰는 삶을 유지할 수 있을까 궁금하다. 부디 지치지 말고 같이 오랫동안 읽고 쓰는 삶을 영위했으면 하는 바람이 있다.

지치지만 않는다면 내가 가는 그 길이 느리고 천천히 가더라도 언젠가는 성공이라는 달콤한 열매를 만날 수 있으니까.

"당신만 지치지 않으면 됩니다. 시간이 얼마나 걸려도 결국 다 가지고 이룰 수 있으니까요."

저자 황상열

Q.인생도
산에올라가는거랑과
비슷하다고본다

너무한곳만보고올라가면
잘될 확률도 높지만
언젠간 지치고 무리하게된다

한곳만 올라가면
바라랬는 경치도
딱정해져있다

한상혈의 모멘텀中
2023. 6. 18 효띠